开拓青少年视野的

震撼世界的经典演讲

KAITUO QINGSHAONIAN SHIYE DE KEWAI DUWU CONGSHU

本书编写组 编

世界图书出版公司
广州·上海·西安·北京

图书在版编目（CIP）数据

震撼世界的经典演讲/《震撼世界的经典演讲》编写组编．—广州：广东世界图书出版公司，2010.4（2021.5 重印）
ISBN 978-7-5100-2187-9

Ⅰ．①震… Ⅱ．①震… Ⅲ．①演讲-世界-选集 Ⅳ．①I16

中国版本图书馆 CIP 数据核字（2010）第 070749 号

书　　名	震撼世界的经典演讲 ZHENHAN SHIJIE DE JINGDIAN YANJIANG
编　　者	《震撼世界的经典演讲》编写组
责任编辑	张梦婕
装帧设计	三棵树设计工作组
责任技编	刘上锦　余坤泽
出版发行	世界图书出版有限公司　世界图书出版广东有限公司
地　　址	广州市海珠区新港西路大江冲 25 号
邮　　编	510300
电　　话	020-84451969　84453623
网　　址	http://www.gdst.com.cn
邮　　箱	wpc_gdst@163.com
经　　销	新华书店
印　　刷	唐山富达印务有限公司
开　　本	787mm×1092mm　1/16
印　　张	13
字　　数	160 千字
版　　次	2010 年 4 月第 1 版　2021 年 5 月第 9 次印刷
国际书号	ISBN 978-7-5100-2187-9
定　　价	38.80 元

版权所有　翻印必究
（如有印装错误，请与出版社联系）

前 言

演讲是一种语言交际活动，它也是人类历史与文化的表现与积淀。演说者可以用它来发表自己的见解和主张；也可用它来阐明事理；它更是在特定历史与文化背景之下，演说者一种情感的抒发与生命的表达。

纵观古今中外的世界演说名家，其高超的演讲水平和强大的感染力无不令人惊叹。他们的演说是艺术魅力的展现，丰富人们的知识，提高人们的素养；他们的演说是无往不胜的利器，劈开拦阻的荆棘，超越一切的失败；他们的演说如震耳欲聋的雷声，直击沉睡的心灵，唤醒生命的企盼……你可以在这里感受充满力量的雄辩，你可以在这里找到充满智慧的声音，你可以在这里遇见滋润生命的亮光。

本书收录了古今中外部分政治家、军事家、思想家、科学家、教育家、文学家的演说，他们以不同的方式，通过演讲展示着生命的精彩。

阅读经典演讲，思索品味人生，愿本书能为你的人生增添一抹亮丽的色彩。

目　录

在东京中国留学生欢迎大会上的演说〔孙中山〕…………1
抱定宗旨,砥砺德行,敬爱师友〔蔡元培〕…………6
敬告二万万女同胞〔秋　瑾〕…………9
亚非人民团结起来〔周恩来〕…………11
论雅典之所以伟大〔伯里克利〕…………18
在雅典五百公民法庭上的答辩〔苏格拉底〕…………21
金冠辞〔狄摩西尼〕…………29
要么胜利,要么死亡〔汉尼拔〕…………33
对威勒斯的控告〔西塞罗〕…………36
破釜沉舟〔恺　撒〕…………38
侵略者滚回老家去〔贞　德〕…………40
论与北美的和解〔埃德蒙·伯克〕…………42
就职演说〔乔治·华盛顿〕…………45
不自由,毋宁死〔帕特里克·亨利〕…………49
莎士比亚纪念日的讲话〔歌　德〕…………52
开进米兰〔拿破仑〕…………56
开讲辞〔黑格尔〕…………58
在葛底斯堡的演说〔林　肯〕…………61
在访美前送别宴会上的讲话〔狄更斯〕…………62
谴责奴隶制的演说〔道格拉斯〕…………65

在马克思墓前的讲话〔恩格斯〕……………………………… 71
我也是义和团〔马克·吐温〕……………………………… 73
无意的剽窃〔马克·吐温〕………………………………… 76
命运与历史〔尼　采〕……………………………………… 78
关于国际联盟〔威尔逊〕…………………………………… 83
勤奋地生活〔西奥多·罗斯福〕…………………………… 88
你们出色的、英雄的劳动使世界吃惊〔高尔基〕………… 90
人性，太人性了〔纪　德〕………………………………… 94
我邦之呼吁〔甘　地〕……………………………………… 95
热血、辛劳、眼泪和汗水〔丘吉尔〕……………………… 97
法兰西不会灭亡〔保罗·雷诺〕…………………………… 99
科学的颂歌〔爱因斯坦〕…………………………………… 102
责任·荣誉·国家〔麦克阿瑟〕…………………………… 103
我们唯一不得不害怕的就是害怕〔富兰克林·
　罗斯福〕…………………………………………………… 109
有个儿童在梦想〔莫里亚克〕……………………………… 114
告别演说〔蒙哥马利〕……………………………………… 119
幸福的父母往往会有最优秀的子女〔马卡连柯〕………… 120
要为自由而战斗〔卓别林〕………………………………… 126
未来将属于自由的人民〔艾森豪威尔〕…………………… 129
谁说败局已定〔戴高乐〕…………………………………… 133
作家和战争〔海明威〕……………………………………… 135
让新的亚洲和新的非洲诞生吧！〔苏加诺〕……………… 138
道与人同在〔斯坦贝克〕…………………………………… 145
在为周恩来总理举行的国宴上的演说〔恩克鲁玛〕……… 148

孤独的漂泊〔加　缪〕……………………………………150
在答谢宴会上的祝酒词〔尼克松〕………………………155
就职演说〔约翰·肯尼迪〕………………………………157
在以色列国会上的演说〔萨达特〕………………………161
种族隔离制度绝无前途〔曼德拉〕………………………176
通向明天的门〔乔治·布什〕……………………………179
历史将宣判我无罪〔菲德尔·卡斯特罗〕………………186
拉丁美洲的孤独〔马尔克斯〕……………………………191
我有一个梦〔马丁·路德·金〕…………………………196

在东京中国留学生欢迎大会上的演说

孙中山

演说者简介

孙中山（1866~1925），广东香山县（今中山市）人。1894年创立兴中会，提出"驱除鞑虏，恢复中国，创立合众政府"的主张。1905年提出"民族、民权、民生"三大主义。1911年武昌起义推翻了帝制，孙中山被推选为中华民国临时大总统。后改组同盟会为国民党，发动了"二次革命"和护法战争。1924年确立"联俄、联共、扶助农工"政策，发表"新三民主义"，并创立黄埔军校。

孙中山是中国近代民主革命的先行者，同时也是近代中国的一位演说大家。本篇是孙中山1905年在日本东京建立中国同盟会前的演说，是其演说中的名篇。

✽　　✽　　✽　　✽　　✽

兄弟此次东来，蒙诸君如此热心欢迎，兄弟实感佩莫名。窃恐无以付诸君欢迎之盛意，然不得不献兄弟见闻所及，与诸君商定救国之方针，当亦诸君所乐闻者。兄弟由西到东，中国至米国（即美国）圣路易斯观博览会，此会为新球开辟以来的一大会。后又由米至英、至德、至法，乃至日本。离东二年，论时不久，见东方一切事皆大变局，兄弟料不到如此，又料不到今日与诸君相会于此。近来我中国人的思想议论，都是大声疾呼，怕中国沦为非、澳。前两年还没有这等的风潮，从此看来，我们中国不是亡国了。这都由我国民文明的进步日进一日，民族的思想日长一日，所以有这样的影响。从此看来，我们中国一定没有沦亡的道理。

今日试就我游历过各国的情形，与诸君言之。

日本与中国不同者有两件：第一件是日本的旧文明皆由中国输入。五十年前，维新诸豪杰沉醉于中国哲学大家王阳明知行合一的学说，故皆具有独立尚武的精神，以从此拯救四千五百万人于水火中之大功。我中国人则反抱其素养的实力，以赴媚异种，故中国的文明遂至落于日本之后。第二件如日本衣、食、住的文明乃由中国输入者，我中国已改从满制，则是我中国的文明已失之日本了。后来又有种种的文明由西洋输入。是中国文明的开化虽先于日本，究竟无大裨益于我同胞。

渡太平洋而东至米国，见米国之人物皆新。论米人不过由四百年前哥伦布开辟以来，世人渐知有米国；而于今的文明，即欧洲列强亦不能及。去年圣路易斯的博览会为世界最盛之会，盖自法人手中将圣路易斯买来之后，特以此会为纪念。米国从前乃一片洪荒之土，于今四十余州的盛况，皆非中国所能及。兄弟又由米至英、至法、至德，见各洲从前极文明者，如罗马、埃及、希腊、雅典等皆败，极野蛮者如条顿民族等皆兴。中国的文明已有数千年，西人不过数百年，中国人又不能由过代之文明变而为近世的文明；所以人皆说中国最守旧，其积弱的缘由也在于此。殊不知不然。不过我们中国现在的人物皆无用，将来取法西人的文明而用之，亦不难转弱为强，易旧为新。

盖兄弟自至西方则见新物，至东方则见旧物，我们中国若能渐渐发明，则一切旧物又何难均变为新物？如英国伦敦，先无电车而用马车，百年后方用自行车而仍不用电车。日本去年尚无电车，至今而始盛。中国不过误于从前不变，若如现在的一切思想议论，其进步又何可思议！又皆说中国为幼稚时代，殊不知不然。中国盖实当老迈时代。中国从前之不变，因人皆不知改革之幸福，以为我中国的文明极盛，如斯已足，他何所求。于今因游学志士见各国种种文明，渐觉得自己的太旧了，故改革的风潮日烈，思想日高，文明的进步日速。如此看来，将来我中国的国力能凌驾全球，也是不可预料的，所以各志士知道我们中国不得了，人家要瓜分中国，日日言救中国。倘若是中国人如此能将一切野蛮的法制改变起来，比米国还要强几分的。何以见之？米国无此好基础。虽西欧英、法、德、意皆不能及。我们试与诸君就各国与中国比较而言之：日本不过我中国四川一省之大，至今一跃而为头等强国，米国土地虽有清国版图之大，而人口不过八千万，于今米人极强，即欧人亦畏之；英国不过区区海上三岛，其余都是星散的属地；德、法、意诸国虽称强于欧西，土地人口均不如我中国；俄现被挫于日本、土地虽大于我，人口终不如我。则是中国土地人口，世界莫及。我们生在中国，实为幸福。各国贤豪皆羡慕此英雄用武之地，而不可得。我们生在中国，正是英雄用武之时。反而都是沉沉默默，让异族儿据我上游，而不知利用此一片好山河，鼓吹民族主义，建一头等民主大共和国，以执全球的牛耳，实为可叹！

所以西人知中国不能利用此土地也，于是占旅顺、占大连、占九龙等处，谓中国人怕他。殊不知我们自己能立志恢复，他还是要怕我的。即现在中国与米国禁约的风潮起，不独米国人心惶恐，欧西各国亦莫不震惊。此不过我国民小举动耳，各国则震动若是，倘有什么大举动，则各国还了得吗？

所以现在中国要由我们四万万国民兴起。今天我们是最先兴起一日，从今后要用尽我们的力量，提起这件改革的事情来。我们放下精神说要中国兴，中国断断乎没有不兴的道理。

即如日本，当维新时代，志士很少，国民尚未大醒，他们人人担当国家义务，所以不到三十年，能把他的国家弄到为全球六大强国之一。若是我们人人担当国家义务，将中国强起来，虽地球上六个强国，我们比他还要大一倍。所以我们万不可存一点退志。日本维新须经营三十余年，我们中国不过二十年就可以。盖日本维新的时候，各国的文物，他们国人一点都不知道；我们中国此时，人家的好处人人皆知道，我们可以择而用之，他们不过是天然的进步，我们这方才是人力的进步。

又有说中国此时的政治幼稚、思想幼稚、学术幼稚，不能躐学极等文明。

殊不知又不然。他们不过见中国此时器物皆旧，盖此等功夫，如欧洲著名各大家用数十余年之功发明一机器，而后世学者不过学数年即能造作，不能谓其躐等也。

又有说欧米共和的政治，我们中国此时尚不能合用的，盖由野蛮而专制，由专制而立宪，由立宪而共和，这是天然的顺序，不可躁进的；我们中国的改革最宜于君主立宪，万不能共和。殊不知此说大谬。我们中国的前途如修铁路，然此时若修铁路，还是用最初发明的汽车，还是用近日改良最利便之汽车，此虽妇孺亦明其利钝。所以君主立宪之用不合于中国，不待智者而后决。

又有说中国人民的程度，此时还不能共和。殊不知又不然。我们人民的程度比各国还要高些。兄弟由日本过太平洋到米国，路经檀香山，此地百年前不过一野蛮地方，有一英人到此，土人还要食他，后来与外人交通，由野蛮一跃而为共和。我们中国人的程度岂反比不上檀香山的土民吗？后来米国的南七省，此地因养黑奴，北米人心不服，势颇骚然，因而交战五六年，南败北胜，放黑奴二百万为自由民。我们中国人的程度又反不如米国的黑奴吗？

我们清夜自思，不把我们中国造起一个 20 世纪头等的共和国来，是将自己连檀香山的土民，南米的黑奴都看做不如了。这岂是我们同志诸君所期望的吗？！

所以我们决不能说我们同胞不能共和，如说不能，是不知世界的进步，不知世界的真文明，不知享这共和幸福的蠢动物了。

若使我们中国人人已能知此，大家已承担这个责任起来，我们这一份人还稍可以安乐。若今日之中国，我们是万不能安乐的，是一定要劳苦代我四万万同胞求这共和幸福的。

若创造这立宪共和二等的政体，不是在别的缘故上分判，总在志士的经营。百姓无所知，要在志士的提倡；志士的思想高，则百姓程度高。听以我们为志士的，总要择地球上最文明的政治法律来救我们中国，最优等的人格来待我们四万万同胞。

若单说立宪，此时全国的大权都落在人家手里，我们要立宪，也是要从人家手里夺来。与其能夺来成立宪国，又何必不夺来成共和国呢？

又有人说，中国此时改革事事取法于人，自己无一点独立的学说，事事先不能培养起国民独立的性格来，后来还望国民有独立的资格吗？此说诚然。但是此时异族政府禁端百出，又从何处发行这独立的学说？又从何处培养起国民独立的性格？盖一变则全国人心动摇，动摇则进化自速，不过十数年后，这"独立"两字自然印入国民的脑中。所以中国此时的改革，虽事事取法于人，将来他们各国定要到中国来取法的。如美国之文明仅百年耳，先皆由英国取法去的，于今为世界共和的祖国；倘是仍旧不变，于今能享这地球上最优的幸福不能呢？

若我们今日改革的思想不取法乎上，则不过徒救一时，是万不能永久太平的。盖这一变更是很不容易的。

开拓青少年视野的课外读物丛书

我们中国先是误于说我中国四千年来的文明很好，不肯改革，于今也都晓得不能用，定要取法于人。若此时不取法他现世最文明的，还取法他那文明过渡时代以前的吗？我们决不要随天演的变更，定要为人事的变更，其进步方速。兄弟愿诸君救中国，要从高尚的下手，万莫取法乎中，以贻我四万万同胞子子孙孙的后祸。

抱定宗旨，砥砺德行，敬爱师友

蔡元培

演说者简介

蔡元培（1868～1940），近代资产阶级民主革命家、教育家、科学家。他为发展中国新文化教育事业作出了重大贡献，堪称"学界泰斗、人世楷模"。1917年，蔡元培任北京大学校长，积极支持李大钊等倡导的新文化运动。本篇是他1917年1月就任北京大学校长时的演说。

五年前，严几道先生为本校校长时，余方服务教育部，开学日曾有所贡献于同校。诸君多自预科毕业而来，想必闻知。士别三日，刮目相见，况时阅数载，诸君较昔当必为长足之进步矣。予今长斯校，请更以三事为诸君告。一曰抱定宗旨。诸君来此求学，必有一定宗旨，欲求宗旨之正大与否，必先知大学之性质。今人肄业专门学校，学成任事，此固势所必然。而在大学则不然，大学者，研究高深学问者也。外人每指摘本校之腐败，以求学于此者，皆有做官发财思想，故毕业预科者，多入法科，入文科者甚少，入理科者尤少，盖以法科为干禄之终南捷径也。因做官心热，对于教员，则不问其学问之浅深，唯问其官阶之大小。官阶大者，特别欢迎，盖为将来毕业有人提携也。现在我国精于政法者，多入政界，专任教授者甚少，故聘请教员，不得不聘请兼职之人，亦属不得已之举。究之外人指摘这当否，姑不具论。

然弭谤莫如自修，人讥我腐败，而我不腐败，问心无愧，于我何损？果欲达其做官发财之目的，则北京不少专门学校，入法科者尽可肄业法律学堂，入商科者亦可投考商业学校，又何必来此大学？所以诸君须抱定宗旨，为求学而来。入法科者，非为做官；入商科者，非为致富。宗旨既定，自趋正轨。

诸君肄业于此，或三年，或四年，时间不为不多，能爱惜光阴，孜孜求学，则其造诣，容有底止。若徒志在做官发财，宗旨既乖，趋向自异。平时则放荡冶游，考试则熟读讲义，不问学问之有无，唯争分数之多寡；试验既终，书籍束之高阁，毫不过问，敷衍三四年，潦草塞责，文凭到手，即可借此活动于社会，岂非与求学初衷大相背驰乎？光阴虚度，学问毫无，是自误也。

且辛亥之役，吾人之所以革命，因清廷官吏之腐败。即在今日，吾人对于当轴多不满意，亦以其道德沦丧。今诸君苟不于此时植其基，勤其学，则将来万一因生计所迫，出而任事，担任讲席，则必贻误学生；置身政界，则必贻误国家。是误人也。误己误人，又岂本心所愿乎？故宗旨不可以不正大。此余所希望于诸君者一也。

二曰砥砺德行。方今风俗日偷，道德沦丧，北京社会，尤为恶劣，败德毁行之事，触目皆是，非根基深固，鲜不为流俗所染。流俗如此，前途何堪设想。故必有卓绝之士，以身作则，力矫颓俗。

诸君为大学学生，地位甚高，肩此重任，责无旁贷，故诸君不唯思所以感已更必有以励人。苟德之不修，学之不讲，同乎流俗，合乎污世，已且为人轻侮，更何足感人。然诸君计，莫如以正当之娱乐，易不正当之娱乐，庶于道德无亏，而于身体有益。诸君入分科时，曾填写志愿书，遵守本校规则，苟中道而违之，岂非与原始之意相反乎？故品行不可以不谨严。此余所希望于诸君者二也。

三曰敬爱师友。教员之教授，职员之任务，皆以图诸君求学便利，诸君能无动于衷乎？自应以诚相待，敬礼有加。至于同学共处一堂，尤应互相亲爱，庶可收切磋之效。不唯开诚布公，更宜道义相励，盖同处此校，毁誉共之。同学中苟道德有亏，行有不正，为社会所訾詈，已虽规行矩步，亦莫能辩，此所以必互相劝勉也。余在德国，每至店肆购买物品，店主殷勤款待，付价接物，互相称谢，此虽小节，然亦交际所必需，常人如此，况堂堂大学生乎？对于师友之敬爱，此余所希望于诸君者三也。余到校视事仅数日，校事多未详悉，兹所计划者二事：一曰改良讲义。诸君既研究高深学问，自与中学、高等不同，不唯恃教员讲授，尤赖一己潜修。以后所印讲义，只列纲要，细微末节，以及精旨奥义，或讲师口授，或自行参考，以期学有心得，能裨实用。二曰添购书籍。本校图书馆书籍虽多，新出者甚少，苟不广为购办，必不足供学生之参考。刻拟筹集款项，多购新书，将来典籍满架，自可旁稽博采，无虞缺乏矣。今日所与诸君陈说者只此，以后会晤日长，随时再为商榷可也。

敬告二万万女同胞

秋　瑾

演说者简介

秋瑾（1897～1907），浙江山阴（今绍兴）人，中国妇女运动的先驱，近代民主革命家。秋瑾极具演讲才能，是一位出色的演说家。

1904年，她曾与留日同志组织演说练习会，每月练习演说一次。本篇就是她在演说练习会上的演讲稿。演说中，她控诉了封建礼教对妇女的摧残，批判了"男尊女卑"、"夫为妻纲"等封建思想，并鼓励女同胞奋起与封建礼教进行抗争。

唉！世界上最不平的事，就是我们二万万女同胞了。从小生下来，遇着好老子，还说得过；遇着脾气杂冒、不讲情理的，满嘴连说："晦气，又是一个没用的。"恨不得拿起来摔死。总抱着"将来是别人家的人"这句话，冷一眼、白一眼的看待，没到几岁，也不问好歹，就把一双雪白粉嫩的天足脚，用白布缠着，连睡觉的时候，也不许放松一点，到了后来肉也烂尽了，骨也折断了，不过讨亲戚、朋友、邻居们一声"某人家姑娘脚小"罢了。这还不说，到了择亲的时光，只凭着两个不要脸媒人的话，只要男家有钱有势，不问身家清白，男人的性情好坏、学问高低，就不知不觉应了。到了过门的时候，用一顶红红绿绿的花轿，坐在里面，连气也不能出。到了那边，要是遇着男人虽不怎么说，却还安分，这就算前生有福今生受了。遇着不好的，总不是说"前生作了孽"，就是说"运气不好"。要是说一二句抱怨的话，或是劝了男人几句，反了腔，就打骂俱下，别人听见还要说："不贤惠，不晓得妇道呢！"诸位听听，这不是有冤没处诉么？还有一桩不公的事：男子死了，女子就要带三年孝，不许二嫁。女子死了，男人只带几根蓝辫线，有嫌难看的，连带也不带；人死还没三天，就出去偷鸡摸狗；七天未尽，新娘子早已进门了。上天生人，男女原没有分别。试问天下没有女人，就生出这些人来么？为什么这样不公道呢？那些男子，天天说"心是公的，待人是要和平的"，又为什么把女子当作非洲的黑奴一样看待，不公不平，直到这步田地呢？

诸位，你要知道天下事靠人是不行的，总要求己为是。当初那些腐儒说什么"男尊女卑"、"女子无才便是德"、"夫为妻纲"。这些胡说，我们女子要是有志气的，就应当号召同志与他反对。陈后主兴了这缠足的例子，我们要是有羞耻的，就应当兴师问罪？即不然，难道他捆着我的腿？我不会不缠的么？男子怕我们有知识、有学问、爬上他们的头，不准我们求学，我们难道不会和他分辩，就应了么？这总是我们女子自己放弃责任，样样事体一见男子做了，自己就乐得偷懒，图安乐。男子说我没用，我就没用；说我不行，只要保着眼前舒服，就做奴隶也不问了。自己又看看无功受禄，恐怕行不长久，一听见男子喜欢脚小，就急急忙忙把他缠了，使男人看见喜欢，庶可以借此吃白饭。至于不叫我们读书、习字。这更是求之不得的，有什么不赞成呢？诸位想想，天下有享现成福的么？自然是有学问、有见识、出力做事的男人得了权利，我们做他的奴隶了。既做了他的奴隶，怎么不压制呢？自作自受，又怎么怨得人呢？这些事情，提起来，我也觉得难过。诸位想想总是个中人，亦不必用我细说。

但是从此以后，我还望我们姐妹们，把从前事情，一概搁开，把以后事情，尽力做去，譬如从前死了，现在又转世为人了。老的呢，不要说"老而无用"，遇见丈夫好的要开学堂，不要阻他；儿子好的，要出洋留学，不要阻他。中年作媳妇的，总不要拖着丈夫的腿，使他气短志颓，功不成、名不就；生了儿子，就要送他学堂，女儿也是如此，千万不要替他缠足。幼年姑娘的呢，若能够进学堂更好；就不进学堂，在家里也要常看书、习字。有钱做官的呢，就要劝丈夫开学堂、兴工厂，做那些与百姓有益的事情。无钱的呢，就要帮着丈夫苦作，不要偷懒吃闲饭。这就是我的望头了。诸位晓得国是要亡的了，男人自己也不保，我们还想靠他么？我们自己要不振作，到国亡的时候，那就迟了。诸位！诸位！须不可以打断我的念头才好呢！

亚非人民团结起来

周恩来

演说者简介

周恩来（1898～1976），祖籍浙江绍兴，出生在江苏淮阴。中国无产阶级革命家、政治家、军事家和外交家，中国共产党和中华人民共和国的主要缔造者和领导人。

本篇是 1955 年 4 月周恩来在万

隆会议全体会议上的发言。

※　　　※　　　※　　　※　　　※

主席、各位代表先生，举世瞩目的亚非会议已经开始。中华人民共和国代表团能同与会的各国代表团一起在这个会议上讨论我们亚非国家的共同问题，感到非常高兴。我们能够在这里会晤，首先要感谢缅甸、锡兰、印度、印度尼西亚和巴基斯坦五个发起国家的倡议和努力，我们还应感谢这次会议的主人印度尼西亚共和国为会议作了很好的安排。

亚非两洲有这么多的国家在一起举行会议，这在历史上还是第一次。在我们亚非两洲的土地上生活着全世界半数以上的人民。亚非人民曾经创造过光辉灿烂的古代文化，对人类作出了巨大的贡献。近代以来，亚非两洲的大多数国家在不同程度上遭受了殖民主义者的掠夺和压迫，以致被迫处于贫困和落后的停滞状态。我们的呼声受到抑制，我们的愿望受到摧残，我们的命运被旁人摆布，因此我们不得不起而反对殖民主义。由于同样的原因而受到的灾难和为了同样的目的而进行的斗争，使我们亚非各国人民容易互相了解，并在长期以来就深切地互相同情和关怀。

现在亚非地区的面貌已经发生了巨大的变化，越来越多的亚非国家摆脱了或正在摆脱殖民主义的束缚。殖民国家已经不能用过去那样的方式来进行掠夺和压迫。今天的亚洲和非洲已经不是昨天的亚洲和非洲。亚非两洲的许多国家，经过长期的努力，已经把他们的命运掌握在自己手中。我们的会议反映了这一深刻的历史变化。

虽然如此，殖民主义在这个地区的统治并没有结束，而且新的殖民主义者正在谋取旧的殖民主义的地位而代之。不少亚非人民还在过着殖民地的奴隶生活，不少亚非人民还在受着种族歧视，他们的人权遭受着摧残。

我们亚非各国人民争取自由和独立的过程是不同的；但是，我们争取和巩固各自的自由和独立的意志是一致的。不管我们每一个国家的具体情况如何不同，我们大多数国家都需要克服殖民主义统治所造成的落后状态，我们都应该在不受外来干涉的情况下按照我们各国人民的意志，使我们各自的国家获得独立的发展。

亚非人民曾经长期遭受侵略和战争的苦难。许多亚非地区的人民曾经被殖民主义者强迫充当进行侵略战争的炮灰。亚非人民不能不痛恨侵略战争。

他们知道，新的战争威胁不仅危害到他们国家的独立发展，而且还要加强殖民主义的奴役。因此，我们亚非人民更加深切地感觉到世界和平和民族独立的可贵。

基于这些情况，保障世界和平、争取和维护民族独立并为此目的而促进各国间的友好合作就不能不是亚非各国人民的共同愿望。

接着朝鲜停战之后，日内瓦会议曾经在尊重民族独立的基础上，得到科伦坡五国会议的支持，达成了对印度支那的停战。当时，国际的紧张局势确曾得到一定程度的缓和，给全世界人民特别是亚洲人民带来了新的希望。但是，跟着而来的国际形势的发展却和人民的希望相反。无论在东方和西方，战争危机都在增加。朝鲜人民和德国人民要求和平统一的愿望受到阻挠，日内瓦会议关于恢复印度支那和平问题的协议有被破坏的危险，美国在台湾地区继续制造紧张局势。亚非以外国家在亚非地区建立的军事基地越来越多。他们公开鼓吹原子弹武器是常规武器，准备原子战争。亚洲人民不能忘记第一颗原子弹是落在亚洲的土地上，第一个死在氢弹试验下的是亚洲人。亚非各国人民和世界其他地区的人民一样，不能不关切日益增长的战争威胁。

但是进行侵略、准备战争的人究竟是极少数。世界上不论是生活在哪一种社会制度中的绝大多数人民都要求和平，反对战争。世界各国人民的和平运动有了更加广泛和深入的发展。他们要求终止扩军备战的竞赛，首先各大国应该就裁减军备达成协议。他们要求禁止原子武器和一切大规模毁灭性武器。他们要求将原子能用于和平用途，为人类创造幸福。他们的呼声已经不能被忽视，侵略和战争的政策已经日益不得人心。战争策划者日益频繁地诉之于战争威胁，作为推行侵略政策的工具。但是，战争威胁是吓不倒任何具有抵抗决心的人的，它只能使威胁者自己陷于更加孤立和更加混乱的地位。

我们相信，只要我们同世界上一切愿意和平的国家和人民一道，决心维护和平，和平是有可能维护得住的。

我们大多数亚非国家，包括中国在内，由于殖民主义的长期统治，经济上还很落后。因此，我们不仅要求政治独立，同时还要求经济上的独立。当然，我们要求政治独立并不是要对亚非地区以外的国家采取排斥的政策。但是，西方国家控制我们命运的时代已经过去了，亚非国家的命运应该由亚非各国人民自己掌握。我们要努力实现各国的经济独立，这也并不是要排斥同亚非地区以外的国家经济合作。但是，我们要求改变西方殖民国家对东方落后国家的剥削状态，我们要求发展亚非各国独立自主的经济。争取完全独立是我们大多数亚非国家和人民长期奋斗的目标。

在中国，自从人民做了自己国家的主人以后，我们的一切努力就是要消除长期的半殖民地社会遗留下来的落后状态，把我们的国家建设成为一个工业化的国家。五年以来，我们恢复了遭受长期战争破坏的国民经济，并且从1953年起开始了经济建设的第一个五年计划，由于这些努力，我们在各个主要生产部门，例如钢铁、棉布、粮食的生产量，都已经超过了中国历史上任何一个时期的水平。但是，这些成就比之于我们的实际需要还微小得很，比之于工业高度发展的国家，我们还落后得很。正像其他亚洲国家一样，我们迫切地需要一个和平的国际环境，来发展我国独立自主的经济。

反对殖民主义、维护民族独立的亚非国家更加珍视自己的民族权利。国家不分大小强弱，在国际关系中都应该享有平等的权利，它们的主权和领土完整都应该得到尊重，而不应遭受迫害和屠杀。各族人民不分种族和肤色都应该享有基本人权，而不应该受到任何虐待和歧视。但是，我们不能不注意到：对突尼斯、摩洛哥、阿尔及利亚和其他争取独立的附属国人民的暴力镇压还没有停止；在南非联邦和其他地区进行着的种族歧视和种族主义的迫害还没有制止；巴勒斯坦的阿拉伯难民问题还没有解决。

现在，应该说，反对种族歧视、要求基本人权，反对殖民主义、要求民族独立，坚决维护自己国家的主权和领土完整，已经是觉醒了的亚非国家和人民的共同要求。埃及人民为收复苏伊士运河地区的主权和伊朗人民为收复石油主权而进行的斗争，印度对果阿和印度尼西亚对西伊里安岛恢复领土权利的要求，获得了亚非地区许多国家的同情。同样，中国解放自己领土台湾的要求也获得了亚非地区一切具有正义感的人民的支持。这证明我们亚非各国人民是互相了解、互相同情和互相关切的。

只有互相尊重主权和领土完整，和平才有保障，对于任何一个国家主权和领土的侵犯，对于任何一个国家内政的干涉，都不可避免地要危及和平。

如果各国保证互不侵犯，就可以在各国的关系中创造和平共处的条件；如果各国保证互不干涉内政，各国人民就有可能按照他们自己的意志选择他们自己的政治制度和生活方式。日内瓦会议关于恢复印度支那和平的协议就是在有关各方保证尊重印度支那各国的独立、主权、统一和领土完整并对其内政不予任何干涉的基础上达成的。据此，日内瓦会议并规定，印度支那各国不参加军事同盟和建立外国军事基地。这就是为什么日内瓦会议能够为建立和平地区创造了有利的条件。但是在日内瓦会议之后，我们却看到了一种相反的情况在发展，这是不利印度支那各国人的利益的，也是不利于和平的。我们认为，日内瓦会议关于恢复印度支那和平的协议应该严格地和忠实地予以履行，任何方面不得加以干涉和阻挠。朝鲜的和平统一问题也应该按照同样的原则予以解决。

我们亚非国家需要在经济上和文化上合作，以便有助于消除我们在殖民主义的长期掠夺和压迫下所造成的经济上和文化上的落后状态，我们亚非国家之间的合作应该以平等互利为基础，而不应该附有任何特权条件。我们相互之间贸易来往和经济合作应该以促进各国独立经济发展为目的，而不应该使任何一方单纯地成为原料产地和消费品的销售市场。我们相互之间的文化交流应该尊重各国民族文化的发展，而不抹杀任何一国的特长和优点，以便互相学习和观摩。

在我们亚非地区的各国人民日益掌握了自己命运的今天，即使我们在目前经济和文化的合作规模还不可能很大，但是，可以肯定地说，这种建立在平等互利的基础上的合作是有远大发展前途的。我们深信，随着我们亚非国家工业化的发展和人民生活水平的提高，随着各国间贸易关系中人为的外来的障碍的消除，我们亚非各国间的贸易来往和经济合作将会日益增进，文化交流也将日益频繁。

根据互相尊重主权和领土完整、互不侵犯、互不干涉内政、平等互利的原则，社会制度不同的国家是可以实现和平共处的。在保证实施这些原则的基础上，国际间的争端没有理由不能够协商解决。

为了维护世界和平，我们处境大致相同的亚非国家首先应该友好合作，实现和平共处。过去殖民统治在亚非国家间所造成的不和和隔阂，不应该继续存在。我们应该互相尊重，消除互相间可能存在的疑虑和恐惧。

中华人民共和国政府完全同意南亚五国总理在茂物会议联合公报中所确定的关于亚非会议的目的。我们并认为，为了对于促进世界和平和合作作出贡献，亚非各国应该首先根据共同的利益，谋求相互间的亲善和合作，建立友好的睦邻的关系。印度、缅甸和中国曾经确定了和平共处五项原则作为指导相互关系的原则。这些原则获得了越来越多的国家的支持。本着这些原则，中国同印度尼西亚关于两国侨民国籍问题的初步谈判已经取得了良好的结果。在日内瓦会议时，中国也曾表示愿意在这五项原则的基础上同印度支那各国发展友好的关系。根据这五项原则，中国同泰国、菲律宾等邻国的关系没有理由不能获得改善。中国愿以严格遵守这些原则作为它同亚非其他国家建立正常关系的基础，并愿促进中国和日本关系的正常化。为了增进我们亚非各国间的相互了解和合作，我们建议亚非各国的政府、国会和民间团体实行互相的友好访问。

主席，各位先生，任意摆布亚非人民命运的时代已经一去不复返了。我们相信，如果我们决心维护世界和平，就没有人能够把我们拖入战争；如果我们决心争取和维护民族独立，就没有人能够继续奴役我们；如果我们决心友好合作，就没有人能够分裂我们。

我们亚非国家所需要的是和平和独立，我们并无意于使亚非国家同其他地区的国家对立，我们同样需要同其他地区的国家建立和平合作的关系。

我们的会晤是难得的。尽管我们中间存在着许多不同意见，但是这不应该影响我们所具有的共同愿望。我们的会议应该对于我们的共同愿望有所表示，使它成为亚非历史值得珍贵的一页。同时，我们在这次会议中建立起来的接触应该继续保持，以便我们对于世界和平能够作出更大的贡献。

印度尼西亚共和国总统苏加诺阁下说得对，我们亚非人民必须团结起来。

让我们预祝会议成功。

论雅典之所以伟大

伯里克利

演说者简介

伯里克利（约前495～前429），古雅典政治家、军事家。24岁从政，善于思辨。

本篇是伯里克利于公元前431年雅典公民为伯罗奔尼撒战争中阵亡的将士举行国葬时发表的演说。描述了雅典奴隶主民主政治的状况，抒发了演说者对雅典奴隶主民主制的自豪感，高度赞扬了"慷慨而生、慷慨而亡"的阵亡将士。演说深沉、庄严、有力。

❋　　❋　　❋　　❋　　❋

我们为有这样的政体而感到喜悦。我们不羡慕邻国的法律，因为我们的政体是其他国家的楷模，而且是雅典的独创。我们这个政体叫做民主政体。

它不是为少数人，而是为全体人民。无论能力大小，人人都享有法律所保障的普遍平等，并在成绩卓著时得享功名。担任公职的权利不属于哪个家族，而是贤者方可为之。家境贫寒不成为其障碍。无论何人，只要为祖国效力，都可以不受阻碍地从默默无闻到步步荣升。我们可以畅通无阻地从一个职位走向另一个职位；我们无所顾忌地共享亲密无间的日常生活；我们既不会为邻人的我行我素而烦恼，也不会面露不豫之色——这有伤和气，却无补于事。

这样，我们一方面自由而善意地与人交往，另一方面又不敢以任何理由触犯公益，因为我们遵从法庭和法律，特别是那些保护受害者的法律，以及那些虽未成文，但违反了即为耻辱的法律。另外，为了陶冶身心，我国法律还规定了十分频繁的节假日。赛会和祭祀终年不断。届时美不胜收，蔚为大观，欢愉的气氛驱散了忧郁。我们的雅典如此伟大，致使各地的产品云集于此。这些精美产品和国内产品一样，给雅典人带来了习以为常的乐趣。

我们在军事政策上也胜过敌人。我们的方针与敌人的方针截然不同。雅典向世界敞开大门。我们并不担心敌人会窥得那些从不隐藏的秘密，使我们蒙受损失，也从不以此为由，把前来寻求进步和猎奇的外国人驱逐出境。比较而言，我们不大依靠战备和谋略，而是信赖公民们与生俱来的爱国热忱和行动。在教育方面，某些国家的人从小就要接受严酷的训练，以便在成年后承受辛劳；我们雅典人的生活尽管温文尔雅，却能像他们一样勇敢地面对任何战争危险。

在生活方式上，我们既文雅，又简朴，即培育着哲理，又不至于削弱思考。我们以乐善好施而非自我吹嘘来显示自己的富有。承认贫困并不可耻，无力摆脱贫困才确实可耻。我们既关心个人事务，又关心国家大事；即便那些为生活而奔忙的人，也不乏足够的参政能力。因为唯独雅典人认为，不参与国事乃平庸之辈，而不只是懒汉。我们能作出最准确的判断，并善于捕捉事情的隐患。我们不认为言论会妨碍行动，而认为在未经辩论并充分作好准备之前，不应贸然行动。这是雅典人与众不同的优点：行动时我们勇气百倍，行动前却要就各项措施的利弊展开辩论。有些人的勇气来自无知，深思熟虑后却成了懦夫。毫无疑问，那些深知战争的灾患与和平的甜美，因而能临危不惧的人，才称得上具有最伟大的灵魂。

我们在行善方面也与众多的民族不同。我们不是靠接受承诺，而是靠承担义务来维护友谊。根据感恩图报之常理，施惠人对受惠人拥有优势；后者由于欠了前者的情，不得不扮演比较乏味的角色，他觉得报答之举不过是一种偿还，而不是一项义务。只有雅典人才极度乐善好施，但不是出于私利，而是纯属慷慨。综述未尽之言，我只想加上一句：我们雅典总的来说是希腊的学校，我们之中的每一个人都具备了完美的素质，都有资格走向沸腾的生活的各个方面，都有最优雅的言行举止和最迅速的办事作风。

　　至于你们这些幸存者，你们可以为改善命运而祈祷，但也应把保持这种英勇抗敌的精神和激情视为己任。不要仅凭高谈阔论来判定这样做的利弊。

　　因为每一个夸夸其谈的人，都能把众所周知的道理和奋勇抗敌的益处诉说一遍。你们要把祖国日益壮大的景象系在心上，并为之着迷。等你们真正领悟到了雅典的伟大，你们再扪心自问，雅典之伟大乃是由那些刚毅不拔，深知己任，在战斗中时刻有着荣誉感的将士们缔造的。一旦他们的努力不能成功，需要他们以大无畏气概来报效祖国，他们不认为这是耻辱，因而作出了最崇高的奉献。他们就这样为国捐躯了。他们中的每个人都将千古流芳。他们的陵墓将永放光华，因为这不仅是安葬英灵的墓穴，而且是铭刻英名的丰碑。

　　无论何时，只要谈到荣誉或实践荣誉，人们就会提到他们。他们永垂不朽。

在雅典五百公民法庭上的答辩

苏格拉底

演说者简介

苏格拉底（约前469~前399），古希腊哲学家，生于雅典。早年随父学雕刻，后专事伦理哲学探索，对后世的哲学发展影响巨大。他认为哲学的目的不在于认识自然，而在于认识自己，在于教导人们过道德的生活，认识普遍的道德规范。他倡导"知德合一"说，认为"美德即知识"，"作恶即无知"，认同灵魂不灭和灵魂轮回。他一生自奉俭约，广招弟子，不收学费。他公开反对奴隶主民主制，特别是雅典后期的激进民主派。公元前399年以"传播异端"和"腐蚀青年"罪被判处死刑。

苏格拉底在法庭的这一申辩是一篇极为著名的演讲。他在法庭上慷慨陈词，锋芒毕露。或自辩无罪，或反诘原告，或抨击当局，或直抒人生哲学。他娓娓而谈，以退为进，用日常谈话的方式进行申辩，逻辑性很强，抓住对方的破绽，予以有力的驳斥，演讲词十分精彩。

雅典人们：原告们的话虽然说得好像头头是道，可是没有一句是真的。

假话里最使我吃惊的就是，他们叫大家小心不要为我的绝顶的雄辩所欺骗；其实，除非把说明纯粹真理叫做雄辩的话，我根本就不会什么雄辩。现在请听我用不加修饰、随口说出的日常语言来向大家说明。我已经七十岁了，但是在法庭上受审还是第一遭，对于打官司完全是门外汉。我唯一的要求就是请大家仔细听一听我说的话是不是有道理。

我应当对老早就攻击我的那些人先提出答辩，而对阿尼圈斯和后来攻击我的那些人的答辩则将放在后面。因为后来攻击我的这些人虽然攻击得很巧妙，但是从前攻击我的那些人更使我害怕——他们从诸位年轻的时候起就毫无根据地警告大家，不要上苏格拉底的当，说他是一个哲学家，不管天上地下的事都要追根问底，而且要颠倒黑白，把坏的说成好的。他们的攻击的确是更狠毒些，因为一个人的行为如果真像他们所说的那样，大家便一定会认为他根本不信神了。我不能把这些人的姓名一一明确地指出来，只能说其中有一个是喜剧作家。我也没法子和他们一个一个地辩驳。但是我一定要简括地答辩一下。我想我已经知道自己将会在什么地方碰到难关；但是事情总会由神来决定的。

梅勒士斯一帮人攻击我的根据究竟是什么呢？他们说："苏格拉底是一个为非作歹的人，爱管闲事，天下和地下的事都要追根问底，而且还教别人也这样做。"各位已经在阿里斯托芬的喜剧里看到那个专门追寻这些事情的苏格拉底了。查问这些事我个人倒并不反对，但是我绝不能让梅勒士斯拿这些事情来攻击我，因为这些事都是与我无关的。诸位当中有很多人都听我的谈话，但是没有一个人听见我谈过这一类的问题。从这一点上诸位就能够看出其他攻击我的话是真是假了。

还有人攻击我给别人讲学是为了拿钱，这同样也是假的。如果有人能够像哥期亚、普罗蒂克和喜皮亚他们那样把知识传授给别人，像他们那样从一个城走到另一个城，引得许多青年人都来和他们谈话，使青年们宁愿出钱来享受这种特权，而不愿和自己的不用花钱的伙伴们在一起，这倒也是一件好事。我还听说有一个巴罗人名叫爱文纳斯，现在也这样做，他收的学费是五敏纳。如果他们真有宝贵的知识，而又能传授给别人，倒是一件可喜的事情。

我自己也想这样做，可是我没有这种知识。

大家也许会问："那么，苏格拉底，问题到底是出在什么地方呢？你既然没有做什么特别的事情，怎么会有这些谣言和诽谤呢？"

现在我要对大家作出我的解释。问题在于我似乎有某种天赋的智慧，不过并不是说上面的那几位先生所具有的那种超人的智慧，这并不是我自己吹嘘，而是根据特尔斐的神巫对大家都认识的奇勒芬说的话，他说世界上没有比苏格拉底智慧更高的人。我倒不觉得自己有什么智慧，但是神是不会说假的。那么神的意思究竟是什么呢？

于是我便去探寻神的意思，我找到一个以智慧出名的人，想证明还有许多比我智慧更高的人存在。但是我发现他虽然自命有智慧，其实根本没有智慧。我想把这事向他说明，但是结果只是使他生了很大的气。最后我得出的结论是，在这一方面我到底比他智慧高，因为我没有他那样的幻觉，以为自己很有知识。我把所有以智慧出名的人一一都试了一下，结果总是一样，以致弄得我很招人讨厌。我问政治家，问诗人，问手艺人，所得的答复完全相同。诗人对他们自己的那种艺术的确是知道一些的，所以他们便以为自己无所不知了。

我继续这样干下去，抓住每一个机会，想弄清楚那些以智慧出名而且本人也自以为有智慧的人，到底是不是真的有智慧，结果总是发现他们并没有智慧。因为我这样揭发别人的无知，以致使我自

已凭空得到了一个有知识的名声，同时也变成了许多毁谤中伤的对象。一些有地位的青年听过我的谈话后也都学着我的样，去揭露别人的无知，因而得罪了他们。这一切现在便都归罪于我一人身上，说我是一个败坏青年的坏人。为了要证实这点，毁谤我的人便不得不拿看我"对天上和地下的事情都要追根问底"等等的罪名来控告我。

以上所说的便是我对诸位久已听惯了的那些攻击答复。现在让我对高尚的爱国者梅勒土斯和其他一些人后来所提出的控诉作一下答辩。他们说我是个为非作歹之人，败坏青年，不敬城邦尊奉的神明而信邪魔。其实为非作歹的人不是我而正是梅勒土斯。他竟然把控诉当儿戏，他还对自己从来不关心的事情装出非常重视的样子。梅勒土斯，请答复我：你是不是认为尽量使我们的青年变好是一件极重要的事情？

梅勒土斯：当然。

苏格拉底：那么你说，到底是谁使青年们变好的，这人你当然知道。……

你不说话吗？……你说是法律吗？……我问的是"谁"？

梅：是法官，全体的法官。

苏：换一句话说，是除我以外的全体雅典人，对吗？只有我一个人是败坏青年的，是吗？的确，我现在倒霉了！但是，拿别的动物来说，就说马吧，只有少数人有本领把马驯养好。你这话说明你对青年人的教养从来没有注意过。其次，请你告诉我，一个人是和好市民住在一起好呢，还是和坏市民住在一起好呢？当然是和好市民住在一起好，因为坏市民对他有害。这样说来，我就不可能特意到处使人变坏了。我的朋友，谁也不愿意让自己受害。假如我败坏了他们，那一定是出于无意，对于这一点，你本应该告诫我。指教我，可是你并没有这样做；你本不应该到法庭来告我，可是你偏偏来告我！究竟你是不是说我教他们不敬城邦尊奉的神明而信邪魔，因此便败坏了他们呢？

我到底是教他们说有神明存在，还是根本没有神明存在呢？

梅：我说的是你根本不信神。你说太阳是石头，月亮是土。

苏：好个梅勒土斯，人人都知道只有安那萨哥拉斯才这样说，你花一个银币就能买到这份材料。你是不是真的认为我根本不信神呢？

梅：不，你根本不信神。

苏：这话就没法让人相信了！你这种胡说无疑是捏造出来的，因为你的诉状就说我是敬神的。一个人能相信有人的、马的或者工具的事而不相信有人、马或工具的存在吗？你明明白白地说我有信魔鬼的事，自然就是说我相信有魔鬼，可是魔鬼就是神的一种，或者说是神的子孙。这么说，你就不能认为我不信神了，老实说一句，我已经完全驳倒了你的控诉。假如我被判罪的话，也决不是因为梅勒土斯的诉状，而是因为公众的诽谤，在我以前已经有不少善良的人因为这种诽谤而被判罪，我相信在我以后还会有更多的人会因此被判罪。

也许有人会认为我应当对自己这些招致杀身之祸的行为感到羞耻。其实真正有意义的行动是不应当考虑生命危险的。如果生命危险必须考虑，那么特洛伊城前的英雄便都是坏人了！每个人都应当不顾生死地坚守自己的岗位。我在波替底亚从军的时候既然不曾怕死，坚持职守，现在当神让我做某一件事情的时候，难道我会怕死而退缩吗？

虽然有许多人自以为知道死是不好的，但是我却不知道死是好还是坏。

我只知道违背神或人间的权威意旨是不好的。我决不会干出我自己确实知道是坏的事情来逃避可能实际上是好的事情。假如诸位说只要我以后不再从事哲学的研究便可以释放我，再犯就处死的话，那我就会回答说："雅典人，我爱你们，我尊敬你们，但我要服从神而不服从你们。只要我还活着，还有力气，我就决不会放弃哲学的研究，我还是和以往一样劝诫大家，不要过分贪求财富而不为自己的灵魂修好。这是神的吩咐。"假如这样说就算是败坏青年，那便是我败坏了他们。但是谁要说我还讲了旁的东西，那便是胡说八道。这些事，我将不辞万死地干下去。

请不要嘀咕，听我讲下去，这对大家是有好处的。你们要是杀了我，你们自己所受的害比我所受的害恐怕还要大，因为冤屈别人的人比受冤屈的人更难受。以往我是受神之托，化作一个马虻来刺激一匹高贵的马，再找我这样一个人是不容易的。我做这种工作自己并没有得到任何好处，这只要看一下我的贫穷的家境就可以知道。

如果认为我只是这样爱管私人的闲事，而不管公众的事似乎很奇怪，那就是因为我刚才说过的、也就是梅勒土斯的诉状里用嘲笑的口吻提到过的那种神或魔鬼的驱使。这是一种暗中阻止我而从来没有鼓励我去干的声音。老实说，假如我过问政治的话，大概早就没命了。

可是我从来没有以教师自居，也没有借讲学收过钱。任何人只要愿意，都可以来问问我，听我说些什么。许多人高兴和我交往是因为他们爱听我的揭发，我揭发了某些自以为有智慧而实在没有智慧的人，这种揭发是神在神谕、梦征和其他各种默示中交给我的任务。假如我正在败坏青年，或者已经败坏了青年，那么为什么他们或者他们的父兄或其他亲属不出来为这个罪状作证呢？假如我这个罪状是真的，在我周围所见到的人中，就该有很多人出来作证了。但是他们却都愿意帮助我。

我在辩护中所要说的就是这一些。各位当中，也许有人会想到当他处在像我这种情况而没有这么严重的时候，也会流着眼泪，带着自己的孩子家属向法庭求情，现在看到我虽然有三个儿子，却不这么做，心里也许有些气愤。

我所以不这样做，决不是因为不敬重你们，而是认为那样做对我说来有些不适合。这种把死看得似乎非常可怕的做法，在我看来是很奇怪的，而且被外人看到也有辱我们的城邦；有辱于处处以优越出名（正和我在某些方面认为比寻常人高一筹一样）的人们。

就是撇开信誉不谈，我认为我们也只应当向法官解释说明，而不要用求情的方式来打动他们，让他们可以依法秉公处理，而不要感情用事。被梅勒土斯控告为不敬神的我，怎么还能来破坏你们的誓言呢？如果那样做我便是劝你们不要信神，那岂不正好犯了这个被控的罪名吗？我希望我将得到对你们和我自己都最适当的判决，我已经把这事全部交给你们和神明了。

你们判我有罪我并没有感到难受，这有很多原因，其中有一个是我早就预料到这个判决了。使我感到惊讶的倒是通过这个判决的只是这样微弱的多数。显然，要是只让梅勒土斯自己单独来搞的话，他一定无法得到使他免处罚金的那几票。判断的内容是死刑。我自己也要提出大致上应得的判决。

我抛却了对己对人都没有好处的世俗事务和野心，为的是要通过私人交谈的方式使每个人都得到益处，劝他首先注意自己，注意如何使自己变得最优秀、最聪明，然后再来注意那些世俗事务。我也想用同样的方式来奉劝整个城邦。

对我最恰当的报酬是把我当作大恩人供养在迎宾馆。

你们也许会认为这不过是一种傲慢无礼的说法，可是事实并不是这样。

我认为我自己并没有错待过任何人。时间已经不允许我来证明我的问题，我也不用说自己应当判处罚金来承认自己有罪。我还有什么可怕的呢？死是好是坏我还不知道，我对梅勒土斯给我的死刑

有什么可怕呢？我是不是要逃避这个而选择肯定是坏的途径呢？受监禁，做埃利温的奴隶吗？判处罚金，在未缴纳之前去坐监牢吗？最后还是一样，因为我根本就付不起。放逐吗？连我的同胞都容不得我，怎能希望异邦人容纳我呢？大家也许会问，你为什么不能闭上自己的嘴，一走了事呢？这却是我不能做的事。这是违反神意的，要是像那样活着，生命也就没有意义了，这话也许大家是不会相信的。我本来准备付出一敏纳罚款，但是柏拉图、克里托和阿坡罗德卢斯劝我缴付三十敏纳，他们愿意作保，因此我便缴三十敏纳。雅典人们：你们把我苏格拉底这样一个哲学家处死，你们的敌人也会谴责你们的。即使你们愿意等待的话，日子也不会长了，因为我已经老了。我对于判我罪的人要说几句话。我所以被判罪，不是因为我没有理由可说，而是因为我没有用逢迎诌媚诸位而污辱我自己品格的方法来求饶。

对于投票主张释放我的公正法官们，在我们能谈话的时候我也要说几句话。我必须告诉诸位，我的保护神决没有阻挡我所走的道路，原因肯定是由于我所做的是最好的事情，这样便获得了神的保佑，死完全不是什么坏事情，因为死就像进入了无梦的睡乡，一切感觉都终止了，这算不了什么损失，要不然就是进入和死去的人共聚的地方，古时的诗人、英雄和哲人都在那里，和他们交谈问题，是多么可贵的美事啊！

各位对于死应当满怀希望，因为一个善良的人无论是活着还是死去，都没有任何东西能够伤害他。至于对我自己来说，我相信死去比活着好。因此，我对那些置我于死地的人一点也不怨恨。现在我们分手了，我走向死，诸位走向生。但是究竟谁好，那只有神知道了。

金 冠 辞

狄摩西尼

演说者简介

狄摩西尼（前384~前322），古雅典政治家，最伟大的雄辩家。幼年丧父，因遗产被人侵吞，乃立志学习修辞，并克服先天口吃，终于在遗产案中胜诉，并成为出类拔萃的演说家。他曾讲授修辞和代人写诉状，继而从政，为雅典后期民主派代表人物和实际领袖。与伊索克拉底相反，他视马其顿王腓力为野心家和暴君，反对与腓力为伍，主张雅典与各城邦联合，共同抗击腓力入侵。公元前338年希腊在喀罗尼亚一役失利，狄摩西尼被迫逃亡国外。公元前322年重返雅典、组织反马其顿运动未果，饮鸩而亡。

本篇言辞犀利，一方面申斥政敌埃斯基涅斯卖身投敌，另一方面为自己的政策和政绩辩护，狄摩西尼也因而赢得了极高荣誉——被赠以金冠。

我的结论是，埃斯基涅斯，你从事演说为的是炫耀口才和嗓门，而不是为了惩恶扬善。但是，埃斯基涅斯，演说家的价值并不在于他的语言或声调，而在于以人民的观点作为自己的观点。以祖国的爱憎作为自己的爱憎。有了这样的思想，就会满怀忠诚说出每一句话；如果向危及共和政体的人阿谀奉承，就不会与人民同舟共济，因而也不会与人民一样期望国家安全无恙。但是，你看到了吗，我却有这样的期望。因为我的目标与人民一致，我的利益与人民无异。你也是这样吗？这怎么可能呢？众所周知，尽管你原来一直拒绝出使马其顿，但战斗刚刚结束，你就立刻以大使身份投奔腓力了，投奔这个给我国带来巨大灾难的罪魁祸首了。是谁欺骗了祖国？当然是那个心口不一的人。谁该遭到诅咒？当然是这种人。对演说家来说，还有比口是心非更大的罪行吗？你的品行正是如此。

你还有脸开口，胆敢正视在座的听众！你以为大家不了解你？你以为大家如此糊涂健忘，已记不起你在集会上讲的那些话？你不是诅咒发誓说你与腓力绝无瓜葛，而我对你的指控纯属私怨、毫无实据吗？打仗的消息刚刚传来，你就把说过的话忘得一干二净，并信誓旦旦地声称你和腓力很友好，你们之间存在着友谊——其实这是你卖身的新代名词。埃斯基涅斯是鼓手格劳蒂亚的儿子，他怎么能够以平等公正之类的托词，来充当腓力的朋友或知交呢？我不明白。不！这是不可能的！埃斯基涅斯，你是受雇来破坏雅典人利益的。

你在公开叛变时被人当场发现，事后你已经作过交代，但是，你却以其他人可能犯而我却不会犯的罪行来辱骂我，指责我。

埃斯基涅斯，我们共和政体的许多伟大光荣事业是通过我进行并完成的，祖国没有忘记这些。下面这件事就是明证。在打完仗选举由谁来发表葬礼演说时，虽然有人提到了你，但人民不选你，尽管你有一副好嗓子；也不选狄美德斯，尽管他刚刚达成和平；也不选赫吉门或你们一伙中的任何人，却选了我。而且，当你和彼索克利斯蛮横而又卑鄙地走上前来（慈悲的苍天哪！），用你现在罗列的罪状来谴责我、辱骂我时，人民却更加要选我。原因你不是不知道，但我还是要告诉你。雅典人知道我在处理他们的事务时的忠诚和热忱，也知道你和你那伙人的不忠；你在祖国强盛时誓不承认某些事情，在祖国蒙受不幸时却承认了。因此，人民认为，那些以国家的灾难来换取政治安全的人早已成为人民的敌人，而现在也是人民的公敌。人民还认为，那位将用演说来颂扬烈士及其英勇气概的人，不应该曾经与人民的仇敌同室而坐，同桌而饮；他不应该与刽子手一起欢宴作乐，并为希腊的灾难大唱赞歌，然后再到这里来接受殊荣；他不应该用嘴，而应该用心来悼念死难烈士。

这是人心所向，吾心所向，但不是你们之中任何一个人的想法。因此，人民选了我，却不选你。不但人民是这样想的，而且当选主持葬礼的死者父兄也是这样想的。按照风俗，丧筵应摆在死者至亲家中，而他们却要摆在我家。

这是有道理的。因为单独来说，家属与死者的关系要比我亲近，但对全体烈士而言，却没有人比我更亲了。最深切关心他们安危和成就的人，对全体死难烈士的哀痛也最深。

你提到了古代诸位贤人；你这样做很对。但是，雅典人哪，他竟然利用你们对古人的崇敬，把古人同我——同你们之中的一员进行对比，这就有失公允。因为普通人忽视了一件事实：对于生者，人们总是多多少少存有恶感；而对于死者，甚至连敌人也会尽释前嫌。既然这是人之常情，难道还能用前辈作为标准，对我进行考验和判断吗？愿上苍不要让这种事情发生！埃斯基涅斯，你这样做不公正，也不公平。让我同你作一个比较吧，或者同你喜欢的那伙人中的任何一位作一个比较吧。我们来思考一下，怎样做才能给国家增添光荣，对国家更有利：是借口上一代人创造了难以言喻的事业，因而现代人的功绩就应该不予报偿并弃之不顾？还是主张凡能证明怀有良好愿望的人，都应该得到人民给予的荣誉和关怀？不过，实际上——假如我必须说这么多——人们在公正思考后就会发现，我所遵奉的政策和原则与古代圣贤不谋而合，目标也一样，而你的那些政策和原则却与古代诽谤者如出一辙。因为古代肯定也有这种人，他们像你一样居心不良，贬低活着的人，赞扬作古之人。

你说我根本不像古代贤人。埃斯基涅斯，你像吗？你的兄弟像吗？我们演说家中有人像吗？我断定没有一个人像。但是，我的老兄（我找不到别的称呼了），请你在活着的人之间，在竞争对手之间进行比较吧，例如在诗人之间，舞蹈家之间，运动员之间，你愿意的话，可以在任何一类人之间进行比较。菲拉蒙并没有因为比不上卡里斯特斯的格劳克斯，或因为比不上过去时代的其他格斗士，所以就未能获得桂冠而离开奥林匹亚；相反，由于他击败了所有闯入格斗场的对手，他被戴上桂冠，并被誉为胜利者。所以，我要求你把我与今日的演说家进行比较，同你自己进行比较，同你喜欢的任何人进行比较，我不会向任何人认输。当共和政体能为自己的利益自由地作出抉择时，当爱国主义成为一种竞赛时，我已表明自己是一个胜过任何人的谋士。

国家的每一个行动、都遵循了我所拟定的政令、法律和谈判方针。你那伙人却无影无踪，除非你们想给雅典带来危害。但是，自从那个可悲的事件发生后，当不再需要直言敢谏的人，而需要俯首帖耳的人，需要甘愿卖身叛国、奉迎异邦的人时，你们却各就各位，变成了前呼后拥的要人；我承认，这时我无能为力，尽管我比你们更眷恋我的同胞。

雅典人啊，有两件东西是善良的公民所特有的。请让我现身说法，尽量不冒犯别人。在拥有权力时，他应该怀着维护共和政体的尊严及其至高无上的坚定目的；而无论什么时候，遇到什么情况，他都应该有忠贞不渝的精神。

这首先取决于一个人的天性、本领和能力。你们将会发现，我始终真诚地怀有这种精神。只要看看下列事实：当我受到传唤，当他们以邻邦联盟为由对我进行控告，当他们对我进行威胁，当他们春风得意，当他们派出歹徒像野兽一样向我扑来，无论怎样，我都丝毫没有抛弃对你们的感情。我从一开始就选定了一条诚实的、正直的政治道路，来维护祖国的荣誉、力量和光荣。

我崇尚这些品质，我就是这样为人处世的。我不会为异邦的欣欣向荣而兴高采烈地在市场上来回踱步，并伸出右手向某些人表示祝贺，因为我认为他们会将此事到处传扬。这些人一听到我们自己获得了成功，就会发抖、呻吟、瘫倒在地。他们就像伪君子，他们指责雅典人，似乎不是在指责自己。他们的眼睛盯着国外。如果异邦人因希腊的不幸而繁荣起来，他们就倍感庆幸，并且说我们应该让异邦人繁荣下去，直至永远。

众神啊，让这些愿望永远不要被你们批准吧！若有可能，你们甚至也要让这些人获得更清醒的理智和情感。但是，如果他们确已不可救药，那就让他们自生自灭，在陆上和海上都灭绝吧。至于我们其余的人，请准予我们迅速解除目前的忧患，获得永久的解脱吧。

要么胜利，要么死亡

汉尼拔

演说者简介

汉尼拔（前247～前183或182），北非迦太基的统帅、政治家。

本篇是汉尼拔率军翻越阿尔卑斯山后，准备向意大利军队出击时的战前鼓动演说。演说开始，汉尼拔就明确指出当时的形势是严峻的："你们必须获胜，否则便是死亡。命运使你们不得不投身于战斗。"汉尼拔以极大的热情和坚定的意志，鼓励将士们奋勇作战。汉尼拔作为古代最伟大的军事统帅之一，虽不以辩才闻名于世，但此篇演说流露出的无畏气概和必胜信心，铿锵有力，是战前鼓动演说中成功的典范之作。

❋　　❋　　❋　　❋　　❋

士兵们，你们在考虑自己的命运时，如果能记住前不久在看到被我们征服的人溃败时的心情，那就好了。因为那不仅是一种壮观的场面，还可以说是你们处境的某种写照。我不知道命运是否已给你们戴上了更沉重的锁链，使你们处于更紧迫的形势。你们在左面和右面都被大海封锁着，连一艘可用于逃遁的船只也没有。环绕着你们的是波河，它比罗讷河更宽，水流更急，后面包围着你们的则有阿尔卑斯山，那是你们在未经战斗消耗、精力充沛时，历经艰辛才翻越过来的。

士兵们，你们已在这里同敌人初次交锋，你们必须获胜，否则便是死亡！

命运使你们不得不投身战斗，它现在又站在你们面前。如果你们获胜，你们就能得到即使从永生的众神那儿也不敢指望得到的最大报酬。我们只要依靠勇敢去收复敌人从我们先辈手里强夺去的西西里和萨迪尼亚，我们就会得到足够的补偿。罗马人通过多次胜利的战斗所取得和积聚起来的财富，连同这些财富的主人，都将属于你们。在众神的庇护下，赶快拿起武器去赢得这笔丰厚的报酬吧！

你们在荒凉的卢西塔尼亚和塞尔蒂韦里亚群山中追逐敌人为时已久，历经如此艰辛危难却一无所获。你们跋山涉水，转战数国，长途劳顿，现在是打响夺取丰富收获的战役，为你们的穷苦取得巨大报酬的时候了！这里命运允许你们结束辛苦的努力，这里她将赐予你们与贡献相称的报酬。你们不要因为这场战争表面上的巨大规模，而担心难于取胜。故对对峙双方中受藐视的一方往往坚持浴血抗争，而一些著名的国家和国王却常常被人并不费力地征服。

因为，撇开罗马徒有其表的显赫名声，它还有什么可与你们相比的？默默地回顾你们20年来以勇敢和成功而著称的战绩吧，你们从赫拉克勒斯支柱，从大洋和世界最遥远的角落来到这里，一路上征服了高卢和西班牙许多最凶悍的民族。如今你们将同一支缺乏经验的军队作战，它就在今年夏天曾被高卢人击败、征服和包围过，至今它的统帅还不熟悉他的军队，而军队也不知道它的统帅。要把我同他作一比较吗？我的父亲是最杰出的指挥官，我在他的营帐中出生、长大，我荡平了西班牙和高卢，我不仅征服了阿尔卑斯山诸国，还征服了阿尔卑斯山本身。而那个就任仅6个月的统帅是他的军队里的逃兵。如果把迦太基人和罗马人的军旗拿掉，我敢肯定他不知道自己是哪一支军队的指挥官。

你们中每一个人都看到了我的累累战功，同样地，我作为你们英雄气概的目击者，能列举每一个人勇敢作战的具体时间和地点。士兵们，我认为这一点很重要。我在成为你们的指挥官以前是你们大家的学生，我将率领曾千百次地受过我表彰和犒赏的士兵，阵容威武地阔步迎击那支官兵互不熟悉的军队。

不论我把眼光转向何处，我看到的都是斗志旺盛、精神饱满的士兵，一支由各个最英勇的民族组成的久经战阵的步兵和骑兵。——你们，我们最可靠、最勇敢的盟军，你们，迦太基人，即将为你们的国家并出于最正义的愤恨而出征。我们是战争中的攻击者，高举仇恨的旗帜进入意大利，将以远远超出敌方的胆量和勇气发起进攻，因为攻击者的信心和骁勇总是大于防卫者。此外，我们所受的痛苦、损失和侮辱燃烧着我们的心：它们首先要求我——你们的领袖，其次要求曾围攻过萨贡塔姆的你们大家去惩罚敌人。如果我们畏缩怯战，它们将使我们受到最严厉的折磨。

那个最为残暴、狂妄的民族认为，一切都应归它所有，听它摆布；应当由它决定我们该同谁交战、同谁请和；它划定界限，以我们不得逾越的山脉河流把我们封锁起来，而它却不遵守自己规定的界限。它还说，不得越过伊比利亚半岛，不得干预萨贡廷人；萨贡塔姆在伊比利亚半岛，你们不得朝任何方向跨出一步！掠走我们最古老的省份——西西里和萨迪尼亚是件小事吗？你们还要掠走西班牙，让我从那里撤走，以便你们横渡大海进入阿非利加吗？

我说他们要横渡大海，是不是？他们已经派出本年度的两位执政官，一个派往阿非利加，一个派往西班牙。除了我们用武器保住的地方外，他们什么地方都没有给我们留下，有后路的人可能成为懦夫，他们可以通过安全的道路逃跑，回到自己的国土家园请求收容。但你们必须勇敢无畏。你们在胜利和覆灭之间绝无回旋余地，或者胜利，或者死亡。如果命运未卜，与其死于逃亡，毋宁死于沙场。如果这就是你们大家确定不变的决心，我再说一遍，你们就已经胜利了；这是永生的众神在人们夺取胜利时所赐予的最有力的鼓励。

对威勒斯的控告

西塞罗

演说者简介

西塞罗（前106~前43），古罗马政治家、演说家、哲学家。他生于骑士家庭。早年在罗马、雅典学习法律、修辞和哲学。公元前81年起发表诉讼演说，开始政治生涯。

西塞罗的历史观和政治观极为保守，但他以其广博的知识和雄辩的艺术被誉为罗马最伟大的演说家。本篇演说内容充实，突出威勒斯令人发指的罪行，使他最终赢得了诉讼。

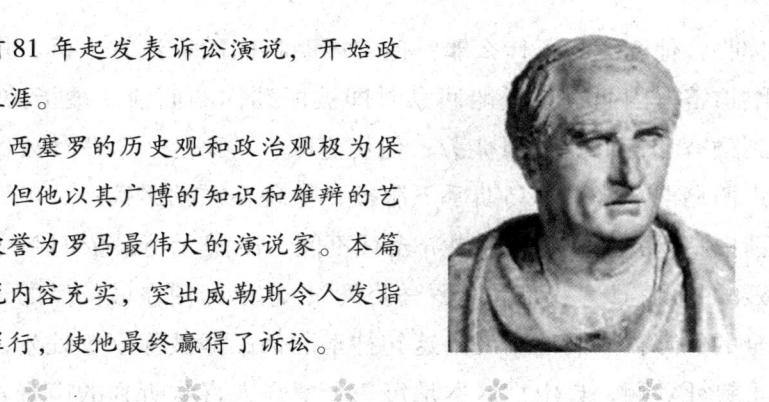

元老们，长期以来流行着一种看法，认为在公开的诉讼中，有钱人不论其罪证如何确凿，也总能安然无事。这种危害你们的制度，而且不利于国家的看法，正待你们行使权力给予驳斥。现在有一个富人在你们面前受审，希图以其财富获得无罪开释；但在一切正直的人心目中，此人的生活和行为已足以构成定罪理由。我说的是凯伊乌斯·威勒斯，如果不能对他课以应得的刑罚，那不是由于缺乏罪证或检察官，而是因为司法官们不能履行职责。威勒斯年轻时即行为不轨，十分可耻，后在财务官任上继续犯有种种罪行：浪费国帑，背叛一位执政官并剥夺其财产，抛弃一支军队，使其给养无着，掠夺一个行省，而且蹂躏人民的公民权利与宗教权利。西西里执政官的职务更使他的罪恶勾当达到顶峰，成为永远抹不掉的恶行纪录。他所作的各项决定违反了一切法官、一切先例、一切公理。他对劳苦贫民的强取豪夺无法估量。

我们最忠实的盟友被他当作仇敌对待。罗马公民被他当作奴隶凌辱处死。最高尚的人被他不经审讯即判为有罪，予以放逐，而最凶残的罪犯则以金钱贿得对其应得惩罚的豁免。

现在我要问威勒斯，对这些指控你还有什么话可说？胆敢在意大利海岸举目可见的西西里，将不幸而无辜的公民帕索里乌斯·加维乌斯·柯萨努斯钉在十字架上，使之受辱而死的暴虐的执政官，难道不是你吗？他究竟犯了什么罪？他曾声明将向国家法官上诉，控告你的残酷迫害。因而在他登船回家时即被抓到你的面前，被指控为奸细，受到鞭笞和毒刑。虽属徒劳，他仍高呼："我是一个罗马公民！我曾在卢西乌斯·普里蒂乌斯手下服役，他现在在帕诺穆斯，可以证明我的清白！"可是你对一切抗辩充耳不闻，冷漠无情，依旧下令处以这种残酷的刑罚！"我是一个罗马公民"！这话即使在最偏僻的地方也是安全的保障，然而他刚说出这句神圣的话，即被你下令处死，在十字架上钉死。啊，自由！这本是每一个罗马人喜欢听到的声音，这是罗马公民的神圣权利！曾经是神圣的，如今却横遭践踏！果真已经如此严重？一个地位不高的地方官，一个总督，在一个与意大利近在咫尺的罗马行省里执掌着罗马人民赋予的全部权力，难道就可以任意捆绑、鞭笞、以酷刑折磨一个罗马公民，并使之受辱而死吗？难道清白无辜者痛苦的叫喊，旁观者同情的眼泪，罗马共和国的尊严以及对国家法制的畏惧都不能制止这个自恃财富而冒犯自由的根基、蔑视全人类的冷酷的恶人吗？能让这个人逃脱惩罚吗？元老们，绝对不能！绝对不能让他逃脱，除非你们愿意毁坏社会安全的根基，扼杀正义，并为共和国招致混乱、屠杀和毁灭！

破釜沉舟

恺 撒

演说者简介

恺撒（前100~前44），古罗马军事统帅、政治家，贵族出身。

恺撒不仅以其军事才能和政治手腕著称于世，而且他还擅长政治演说。

本篇是法萨卢战役前夕，恺撒对将士们作的战前动员。演说中，他对敌我形势的分析十分精辟，所用的词语充满鼓动性，使士气高昂，这篇演说对战士们取得当时战斗胜利发挥了重要作用。

我的朋友们，我们已经克服了我们更可怕的敌人，现在我们所要对抗的不是饥饿和贫乏，而是人。一切决定于今日。记住你们在提累基阿姆时所给我的诺言。记住你们是怎样当着我的面前，彼此宣誓：非战胜，决不离开战场。同伴士兵们啊，这些人就是我们过去在赫丘的石柱所遇着的那些人，就是在意大利从我们面前溜跑了的那些人。他们就是在我们十分艰苦奋斗之后，在我们完成那些伟大战争之后，在我们取得无数胜利之后，在我们为祖国在西班牙、高卢和不列颠增加了四百个属国之后，不与我们以荣誉，不与我们以凯旋，不与我们以报酬，而要解散我们的那些人。我向他们提出公平的条件，不能说服他们；我给他们以利益，也不能争取他们。你们知道，他们中间有些人是我释放的，不加伤害，希望我们可以使他们有一点正义感。

今天你们要回忆所有这些事实，如果你们对于我有所体会的话，你们也要回忆我对你们的照顾，我的忠实和我所慷慨地给予你们的馈赠。

吃苦耐劳的老练士兵战胜新兵也是不难的，因为新兵没有战斗经验，并且他们像儿童一样，不守纪律，不服从他们的指挥官。我听说，他害怕，不愿作战。他的时运已经过去了；他在一切行动中，变为迟钝而犹疑；他已经不是自己发号施令，而是服从别人的命令了。我说这些事情，只是对他的意大利军队而言。至于他们的同盟军，用不着去考虑他们，用不着去注意他们，根本用不着去和他们作战，他们是叙利亚、福里基亚和吕底亚的奴隶，总是准备逃亡或作苦役。我知道得很清楚，你们马上就会看见的，庞培自己也不会在战斗行列中给他们以地位。就是这些同盟军像狗一样向你们包抄过来威胁你们的时候，你们也只要注意意大利人的士兵。当你们已经击溃敌人的时候，让我们饶恕意大利士兵，因为他们是我们的同族人，不要屠杀同盟军，使其他的人感到恐怖。为了使我知道你们没有忘记你们不胜即死的诺言起见，当你们跑去作战的时候，首先摧毁你们军营的壁垒，填起壕沟。这样，如果我们不战胜的话，就没有逃避的地方，使敌人看见我们没有军营，知道我们不是在他们的军营里驻扎。

侵略者滚回老家去

贞 德

演说者简介

贞德（约1412～1431），法国女民族英雄。出身农家。英法百年战争后期，英军占据法国北部，并围攻通往南方的门户奥尔良城，形势危急。1429年，贞德率军6000人支援，重创英军并解除城围，扭转了战局，被称为"奥尔良姑娘"，成为法国人民爱国斗争的一面旗帜。后被出卖，为英军所俘，被教会法庭以异端和女巫罪判处火刑。

　　本篇是1429年春奥尔良大战之前贞德所作的阵前演说。演说洋溢着强烈的爱国主义精神，语言朴素、简洁、有力。

　　英格兰国王暨僭称法国摄政的斐德福公爵，你们要对上帝表示诚意，要向我——根据上帝旨意降临到你们所侵占所蹂躏的法国土地上的一名少女表示诚意。她是为了要求归还国王的骨肉亲人而来这里的。她完全愿意进行和平谈判，也就是说，你们如果给她以满意的答复，就得把法兰西交还，并赔偿因你们侵占而造成的损失。要求你们所有的弓箭手、军人绅士以及在奥尔良前线的其他人都撤回本国，如不照办，那就等候少女的消息吧！你们很快会遭遇大难。如果你英王不照办，我将掌握战事的主权，不论你的部下到达法国何地，我都要使他们自动或被迫退却。

　　如果他们不服从，我就全部消灭他们。我是奉上帝之命来把你们赶出法国领土而到这里来的。你们休想占领法兰西王国一寸领土。

　　拥有法兰西的应是真正的继位者，国王查理，因为上帝要这样。

　　国王将率领精锐之师进入巴黎。如果你们不理睬上帝和少女的意愿，那么，不论我们是在哪里遇上你们，我们都要进攻你们，并使你们遭受前所未有的惩罚。

　　如果你们不给我以满意的回答，那就等着瞧吧！

　　如果你们愿意讲和，就到奥尔良来答复。如不照办，就将马上以武力教训你们，迫使你们遵照执行。

论与北美的和解

埃德蒙·伯克

演说者简介

埃德蒙·伯克（1729～1797），英国政论家。在北美殖民地问题上持温和立场，反对政府采取轻率政策，要求与殖民地和解。为此，曾在议会发表过几篇著名演讲，本文为其中之一。

本篇演讲曾影响北美和平统一进程，其演说的力量由此可见一斑。埃德蒙·伯克以理性的态度强调了使用武力带来的恶果，也体现了一位政论家的政治智慧。

我的观点与其说是赞成诉诸武力，不如说是同意采用精明的管理方式；为了要在一种在我们看来是有益的从属关系中保护一个人数众多、积极主动、日益发展、生气勃勃的民族，我们不仅应当把武力看作令人憎恨的工具，而且应当视为软弱无效的手段。

先生，首先请允许我指出，武力的作用只能是短暂的。这也许能暂时压制一下，但避免不了需要再次进行镇压；而对一个需要不断征服的民族是无法统治的。

其次，我的异议在于使用武力的不确定性。恐怖并非总是可以通过武力来达到的；而武装力量也不总是意味着胜利。如果你不能获得成功，那你也就黔驴技穷，再也使不出别的什么良策了；因为，如果和解失败了，武力手段依然存在；可是，倘若武力无法取胜，那么和解的希望就不复存在了。亲善有时可以带来权力和权威；但是，在穷兵黩武并遭到失败后，就绝不可能通过乞求而得到权力和权威了。

再次，我反对使用武力的理由是，你们为了拥有北美所作的努力而伤害了北美。你们为之奋斗的事业并非就是你们想重新恢复的事业，因为它已在战争中失去了原有的价值，遭受了损害和消耗殆尽。唯有完整无损的北美才能遂人心意。我不愿消耗北美的力量而同时又消耗我们自己的力量，因为从各个方面来看，我们消耗的正是英国的力量。

最后，我们在统治各个殖民地的过程中，尚未有过那种赞成以武力作为统治方式的任何经验。这些殖民地之所以得到了发展并带给我们利益，一向是由于我们采用了截然不同的方法。

先生，这些就是我对那种未经检验过的武力方法持有不同看法的理由。

许多绅士似乎已深深地被这种采用武力方法的观点所迷住，尽管我对这些绅士们在其他各个方面所持的观点怀有崇高的敬意。

可是，除了北美的人口和商业因素外，还有更重要的第三个因素，它促使我形成了关于管理北美应奉行何种政策的观点——我是指北美人的性格与特征。在北美人的这种性格中，热爱自由是最显著的特征。

各殖民地的人民都是英国人的后裔。英格兰珍惜自己的自由；我希望，它仍然尊重这种自由。当这种酷爱自由的性格压倒一切的时候，许多殖民者离开了英国而移居他乡；当他们想摆脱你们控制的时候，他们就具有这种追求自由的倾向。因此，他们不仅献身于自由，而且是依照英国人的理想和原则献身于自由的。如同其他纯抽象事物一样，抽象的自由是无法找到的。自由根植于某种明智的目标之中；每一个民族都为自己形成了某种特别喜爱的特征，这种特征也就成为他们获得幸福的标准。先生，你们知道，在这个国家，争取自由的伟大斗争历来是围绕征税问题展开的。而在古代各城邦，绝大多数斗争主要是针对地方行政官的选举权问题，或者是指向国家各个等级之间力量对比的问题；在他们看来，钱的问题并不是那么迫切的。但英国的情况就不同了。精悍的笔力和雄辩的谈锋无不针对税款问题；这些伟大的精神既能充分发挥作用，又深受其害。

我并不想对这种精神作过分的夸奖，也不想对产生这一精神的道德原因加以赞扬。或许，北美人若拥有一种较为平静和随和的自由精神，将更能为我们所接受。或许，自由思想是值得向往的，但应同我们这种专横的、无限制的权势相和解。或许，我们可以期待殖民地人民能够为我们所说服，即他们在我们（作为他们处于永久性少数民族地位的监护人）的托管之下，他们的自由较之由他们自己所掌握的任何一部分自由都会安全得多。但是，问题并不在于他们的精神是否值得赞扬或应受到指责。那么，以上帝的名义，我们怎样处理这一问题呢？

我的观点是，在不考虑我们不论是出于权利而作出让步，或者出于行善而予以承认的情况下，我们应当允许殖民地人民具有宪法所赋予的权益，并且，要在议会公告上刊登这种承诺，使他们获得如同事情天性将能给予的那种强有力的保证。

至于讲到殖民地对英国的税收、贸易或帝国等方面所作出的贡献，不论是对其中一个方面还是对所有方面所作出的贡献，我对北美在不列颠宪法中所具有的重要性充满信心。我所以支持殖民地，因为这是一种亲密的情感，它产生于相同的姓氏，同源的血缘、相似的利益以及公民在法律上所拥有的平等的监护权。这些就是纽带。虽然它们像空气一样轻盈，却也像铁链一样坚强。殖民地应该永远怀有那种同你们的政府连接在一起的公民权思想；他们将同你们紧密连在一起，天下任何力量都不能破坏他们的效忠。可是，你们应该懂得，政府是一回事，而他们的特权则是另一回事，两者无需相互依存；黏合剂已脱落，凝固力已松懈；一切都在迅速地衰败和解体。只要你们有智慧使我国至高无上的权力始终成为自由的殿堂，成为奉献给我们共同信仰的神圣的殿堂，那么，在上帝选定的种族和英格兰儿子们朝拜自由的任何地方，他们都将转向你们。他们的人数越增加，你们的朋友就越多。他们愈是炽烈地爱自由，就愈会变得顺从。

我深信，这是一条颠扑不破的真理。现在，让我为和平的殿堂铺下第一块基石。我提请各位注意：大英帝国所属北美殖民地和种植园共有14个相互分离的政府；该地的自由居民已超过200万，而且还在增加；他们还没有获得向英国议会选派议员或市镇代表以代表自己的自由的特权。

就职演说

乔治·华盛顿

演说者简介

乔治·华盛顿（1732~1799），美利坚合众国奠基人之一。1789年4月当选为首任总统，1793年连任。任期内，成功地组建并维护了共和制中央政府，并采取一系列安邦治国措施，为新生的美利坚合众国的发展打

下了基础。

当时，华盛顿以全票当选为美国首任总统，在这篇《就职演说》中，他字斟句酌，沉稳持重，表达了一个新兴国家要在君主大国控制的世界上进行"实验"的决心。

※　　　※　　　※　　　※　　　※

参议院和众议院的公民们，在人生沉浮中，没有一件事能比本月14日收到根据你们的命令送达的通知更使我焦虑不安。一方面，国家召唤我出任此职，对于她的召唤，我永远只能肃然敬从。而我十分偏爱、并曾选择了隐退，我还满怀奢望，矢志不移，誓愿以此作为暮年归宿。斗转星移，我越来越感到隐退的必要和亲切，因为喜爱之余，我已经习惯，还因为岁月催人渐老，身体常感不适。另一方面，国家召唤我担负的责任如此重大和艰巨，足以使国内最有才智和经验的人度德量力；而我天资愚钝，又无民政管理的实践，应该倍觉自己能力之不足，因此必然感到难以荷此重任。怀着这种矛盾的心情，我唯一敢断言的是，通过正确理解可能产生影响的各种情况来恪尽职守，乃是我忠贞不渝的努力目标。我唯一敢祈望的是，如果我在执行这项任务时因陶醉于往事，或因由衷感到公民们对我高度的信赖，因而过分受到了影响，以致在处理从未经历过的大事时，忽视了自己的无能和消极，我的错误将会由于使我误入歧途的各种动机而减轻，而大家在评判错误的后果时，也会适当包涵产生这些动机的偏见。

既然这就是我在遵奉公众召唤就任现职时的感想，那么，在此宣誓就职之际，如不热忱地祈求全能的上帝就极其失当。因为上帝统治着宇宙，主宰着各国政府，它的神助能弥补人类的任何不足。愿上帝赐福、保佑一个为美国人民的自由和幸福而组成的政府，保佑它为这些基本目的而作出奉献，保佑政府的各项行政措施在我负责之下都能成功地发挥作用。我相信，在向公众利益和私人利益的伟大缔造者献上这份崇敬时，这些话也同样表达了各位和广大公民的心意。没有人能比美国人更坚定不移地承认和崇拜掌管人间事务的上帝。他们在迈向独立国家的进程中，似乎每走一步都有某种天佑的迹象；他们在刚刚完成的联邦政府体制的重大改革中，如果不是因虔诚的感恩而得到某种回报，如果不是谦卑地期待着过去有所预示的赐福的到来，那么，通过众多截然不同的集团的平静思考和自愿赞同来完成改革，这种方式是难以同大多数政府在组建过程中所采用的方式相比的。在目前转折关头，我产生这些想法确实是深有所感而不能自已。我相信大家会和我怀有同感，即除了仰仗上帝的力量，一个新生的自由政府别无他法能一开始就事事如意。

根据设立行政部门的条款，总统有责任"将他认为必要而妥善的措施提请国会审议"。但在目前与各位见面的这个场合，想我不进一步讨论这个问题，而只要提一下伟大的宪法，它使各位今天聚集一堂，它规定了各位的权限，指出了各位应该注意的目标。在这样的场合，更恰当、也更能反映我内心激情的做法是不提出具体措施，而是称颂将要规划和采纳这些措施的当选者的才能、正直和爱国心。我从这些高贵品格中看到了最可靠的保证：其一，任何地方偏见或地方感情，任何意见分歧或党派敌视，都不能使我们偏离全局观点和公平观点，即必须维护这个由不同地区和利益所组成的大联合；因此，其二，我国的政策将会以纯正不移的个人道德原则为基础，而自由政府将会以赢得民心和全世界尊敬的一切特点而显示其优越性。我对国家的一片热爱之心激励着我满怀喜悦地展望这幅远景，因为根据自然界的法理和发展趋势，在美德与幸福之间，责任与利益之间，恪守诚实宽厚的政策与获得社会繁荣幸福的硕果之间，有着密不可分的统一；因为我们应该同样相信，上帝亲自规定了永恒的秩序和权利法则，它绝不可能对无视这些法则的国家慈颜含笑；因为人们理所当然地、满怀深情地、也许是最后一次地把维护神圣的自由之火和共和制政府的命运，系于美国人所遵命进行的实验上。

除了提请各位注意的一般事务外，在当前时刻，根据激烈反对共和制的各种意见的性质，或根据引起这些意见的不安程度，在必要时行使宪法第五条授予的权利究竟有多大益处，将留待你们来加以判断和决定。在这个问题上，我无法从过去担任过的职务中找到借鉴，因此我不提具体建议，而是再一次完全信任各位对公众利益的辨别和追求；因为我相信，各位只要谨慎避免作出任何可能危及团结而有效的政府的利益的修订，或避免作出应该等待未来经验教训的修订，那么，各位对自由人特有权利的尊重和对社会和谐的关注，就足以影响大家慎重考虑应在何种程度上坚定不移地加强前者，并有利无弊地促进后者。

除上述意见外，我还要补充一点，而且向众议院提出最为恰当。这条意见涉及到本人，因此宜尽量讲得简短一些。我第一次荣幸地奉召为国效劳时，正值我国为自由而艰苦奋斗之际，我对我的职责的看法要求我必须放弃任何俸禄。我从未违背过这一决定。如今，促使我做出这一决定的想法仍然支配着我，因此，我必须拒绝享用任何个人报酬，并认为这对我来说是不适宜的，而不可避免的是，行政部门享有俸金有可能被列入永久性规定。同样，我必须恳求各位，在估算我就任的这个职位所需要的费用时，可以根据我的任期以公共利益所需的实际费用为限。

我已将有感于这一聚会场合的想法奉告各位，现在我就要向大家告辞；但在此以前，我要再一次以谦卑的心情祈求仁慈的上帝给予帮助。因为承蒙上帝的恩赐，美国人有了深思熟虑的机会，以及为确保联邦的安全和促进幸福，用前所未有的一致意见来决定政府体制的意向；既然如此，上帝将同样明显地保佑我们能扩大眼界，稳健地进行协商，并采取明智的措施，而这些都是本届政府取得成功所必不可少的依靠。

不自由，毋宁死

帕特里克·亨利

演说者简介

帕特里克·亨利（1736～1799），美国独立战争时期的著名政治家和演说家。本篇是他1775年3月23日，在弗吉尼亚州议会上发表的著名演说。帕特里克·亨利喊出了"不自由，毋宁死"的战斗口号，坚定了人们为追求自由决不妥协的信念。

主席先生，没有人比我更钦佩刚刚在会议上发言的先生们的爱国精神与见识才能。但是，人们常常从不同的角度来观察同一事物。因此，尽管我的观点与他们截然不同，我还是要毫无顾忌、毫无保留地讲出自己的观点，并希望不要因此而被认为是对先生们的不敬。此时不是讲客气话的时候，摆在各位代表面前的是国家存亡的大问题，我认为，这是关系到享受自由还是蒙受奴役的大问题。鉴于它事关重大，我们的辩论应该允许各抒己见。只有这样，我们才有可能搞清事物的真相，才有可能不辱于上帝和祖国所赋予我们的伟大使命。在这种时刻，如果怕冒犯各位的尊严而缄口不语，我将认为自己是对祖国的背叛和对比世界上任何国君都更为神圣的上帝的不忠。

　　主席先生，沉湎于希望的幻觉是人的天性。我们有闭目不愿正视痛苦现实的倾向，有倾听女海妖的惑人歌声的倾向，可那是能将人化为禽兽的惑人的歌声。这难道是在这场为获得自由而从事的艰苦卓绝的斗争中，一个聪明人所应持的态度吗？难道我们愿意做那种对这关系到是否蒙受奴役的大问题视而不见充耳不闻的人吗？就我个人而论，无论在精神上承受任何痛苦，我也愿意知道真理，知道最坏的情况，并为之做好一切准备。

　　我只有一盏指路明灯，那就是经验之灯，除了以往的经验以外，我不知道还有什么更好的方法来判断未来。而既要以过去的经验为依据，我倒希望知道，十年来英国政府的所作所为中有哪一点足以证明先生们用以欣然安慰自己及各位代表的和平希望呢？难道就是最近接受我们请愿时所流露出的阴险微笑吗？不要相信它，先生，那是在您脚下挖的陷阱。不要让人家的亲吻把您给出卖了。请诸位自问，接受我们请愿时的和善微笑与这如此大规模的海陆战争准备是否相称。难道舰艇和军队是对我们的爱护和战争调停的必要手段吗？难道为了解决争端，赢得自己的爱而诉诸武力，我们就应该表现出如此的不情愿吗？我们不要自己欺骗自己了，先生，这些都是战争和征服的工具，是国君采取的最后争执手段。主席先生，我要向主张和解的先生请教，这些战争部署究竟意味着什么？如果说其目的不在于迫使我们屈服的话，那么哪位先生能指出其动机所在？在我们这块土地上，还有哪些对手值得大不列颠征集如此规模的海陆军队呢？不，先生，没有其他对手了。一切都是针对我们而来，而不是针对别人。英国政府如此长久地锻造出的锁链要来桎梏我们了，我们该何以抵抗？还要靠辩论吗？先生，我们已经辩论十年了，可辩论出什么更好的抵御措施了吗？没有。我们已从各种角度考虑过了，但一切均是枉然。难道我们还要求救于哀告与祈求吗？难道我们还有什么更好方法未被采用吗？无需寻找了，先生，我恳求您，千万不要自己欺骗自己了。

我们已经做了应该做的一切，来阻止这场即将来临的战争风暴。我们请愿过了，我们抗议过了，我们哀求过了，我们也曾拜倒在英国王的宝座下，恳求他出面干预，制裁国会和内阁中的残暴者。可我们的请愿受到轻侮，我们的抗议招致了新的暴力，我们的哀求被人家置之不理，我们被人家轻蔑地一脚从御座前踢开了。事到如今，我们再也不能沉迷于虚无缥缈的和平希望之中了。希望已不复存在！假如我们想得到自由，并拯救我们为之长期奋斗的珍贵权力的话，假如我们不愿彻底放弃我们长期所从事的，曾经发誓不取得最后胜利就决不放弃的光荣斗争的话，那么，我们必须战斗！我再重复一遍，必须战斗！我们的唯一出路只有诉诸武力，求助于战争之神。

主席先生，他们说我们的力量太单薄了，不能与如此强大凶猛的敌人抗衡。但是，我们何时才能强大起来呢？是下周？还是明年？还是等到我们完全被缴械，家家户户都驻守着英国士兵的时候呢？难道我们就这样仰面高卧，紧抱着那虚无缥缈的和平幻觉不放，直到敌人把我们的手脚都束缚起来的时候，才能获得有效的防御手段吗？先生们，如果我们能妥善利用自然之神赐予我们的有利条件，我们就不弱小。如果我们三百万人民在自己的国土上，为神圣的自由事业而武装起来，那么任何敌人都是无法战胜我们的。此外，先生们，我们并非孤军作战，主宰各民族命运的正义之神，会号召朋友们为我们而战。先生们，战争的胜负不仅仅取决于力量的强弱，胜利永远属于那些机警的、主动的、勇敢的人们。况且，我们已没有选择余地了。即使我们那样没有骨气，想退出这场战争，也为时晚矣！我们已毫无退路，除非甘受屈辱和奴役！因禁我们的锁链已经铸就，波士顿草原上已经响起镣铐的叮……响声。战争已不可避免——那就让它来吧！我再重复一遍，就让它来吧！

回避现实是毫无用处的。先生们会高喊：和平！和平！！但和平安在？实际上，战争已经开始，从北方刮来的大风都会将武器的铿锵回响送进我们的耳鼓。我们的同胞已身在疆场了，我们为什么还要站在这里袖手旁观呢？先生们希望的是什么？想要达到什么目的？生命就那么可贵？和平就那么甜美！甚至不惜以戴锁链、受奴役的代价来换取吗？全能的上帝啊，阻止这一切吧！在这场斗争中，我不知道别人会如何行事；至于我，不自由，毋宁死！

莎士比亚纪念日的讲话

歌 德

演说者简介

歌德（1749～1832），德国诗人、剧作家、思想家，德国古典文学和民族文学的杰出代表。早年深受卢梭、斯宾诺莎等人著作影响。1771年结识狂飙运动领导人赫尔德，投身于反对封建割据、呼唤民族统一、提倡创作自由和个性解放的文学运动。

1771年10月14日，歌德在他的家乡法兰克福为英国文艺复兴时期的伟大剧作家、诗人莎士比亚举行了一个纪念日，本篇即是为此而作的演讲。在文中，歌德将古典主义者与莎士比亚的戏剧（尤其是悲剧）作了对比，高度评价了后者，热情洋溢地指出莎士比亚对自己的影响和启迪，呼吁同时代的人都来追寻这位伟人的足迹。

我们希望，在命运好像已把我们带回乌有之乡时，还能留芳世间，这种希望，据我看来，是我们一种最崇高的情绪。诸位先生，人世生命，对我们灵魂的期望说来，实在是太短促，它证实，所有的人，无论最卑贱或最高贵，最庸碌或最有才能，宁可对其他一切感到厌倦，而不会厌倦生命；它证实，没有一人到达他当初向往的目标——因为无论他经历了多长的中途，最后还是倒下，而且往往在期待的目标已经在望的时候，他倒在天知道谁替他挖掘的墓穴里，从此归于乌有。归于乌有！我！对我自己说来，我是一切，通过我自己我才认识一切！

每个意识到自己的人会像上面这样喊着，他跨着巨大的步伐越过生命，而这个生命为了彼岸无限旅程做着准备。当然，每人的步伐大小有所不同。有人以漫游者最快速的步伐出发，可是别人却穿上七里靴越过他，后者的两步标志了前者一天的路程。不管事情怎样，这个勤奋的漫游者还是我们的朋友和同伴，而那个人的无比巨大的步伐引起我们的惊讶和尊敬，我们追寻他的足迹，把我们的和他的步伐相比。

诸位先生，让我们动身上路吧！只要观看一下这样的步伐，会使我们的灵魂，比注视千足蠕动的王妃仪仗队伍，还感到更大的兴奋激昂呢。我们今天对最伟大的漫游者表示景仰的怀念，同时这也是对我们自己的一种尊敬。我们懂得去尊重的业绩，那些业绩在我们胸中也已有了萌芽。请不要期待我写下很多很有头绪的话来，和平安静的心绪不是节日的服装；到现在为止我关于莎士比亚想得还是很少，我所能达到的最高境地，至多是一种预感，一种感觉而已。我初次看了一页他的著作之后，就使我终身折眼；当我读完他的第一个剧本时，我好像一个生来盲目的人，由于神手一指而突然获见天光。我认识到，我极其强烈地感到我的生存得到了无限度的扩展；

对我说来一切都是新奇的，前所未闻的，不习惯的光辉使我眼睛酸痛。我渐渐学到了怎样去用视力，感谢赐我智慧的神灵，我现在还亲切地感到，我获得了些什么。

我没有片刻犹豫地拒绝了有规则的舞台。我觉得地点的统一好像牢狱般的狭隘，行动和时间的统一是我们想象力的讨厌的枷锁。我跳向自由的空间，这时我才觉得有了手和脚。现在我知道了这些讲规律的先生们在他们的洞穴里对我加了多少摧残，并且还有多少自由的心灵在里边蜷曲着，因此，要是我不向他们宣战，不每日寻思着去攻破他们的牢狱，那我的心要激怒得爆裂。法国人奉为规范的希腊戏剧有着这样的素质和外形，以至若使让高乃依去效法索福克勒斯的话，那要比一个法国伯爵模仿阿尔克比亚德斯还要难。悲剧原先是祭神典礼中的插曲，后来有了庄严的政治的意义，它把祖先们个别的伟大行动显示给人民看，它有着完善事物所具有的纯洁的朴素性，它在心灵中激起了完整的、宏伟的感情，因为它本身也是完整和宏伟的。在哪一种心灵中（激起这样的感情）呢！在希腊人的心灵中！这话是怎么讲呢，我不能给以解释，但我感觉得到它的意识；我简单扼要地请荷马、索福克勒斯、忒奥克瑞特作我的证人，因为他们教给我这样的感觉。我要赶紧追加一句话：微小的法国人，你拿了希腊人的盔甲做什么呢，它对你说来是太庞大太沉重了。因此所有法国悲剧也都是对自己的嘲弄而已。它们的情节这样有规则地进行着，它们像一双鞋那样地相似，有时也很无聊，一般说来特别在第四幕中，这些事情先生们都不幸地经历过，我就不再谈了。

我不知道究竟是谁第一个想起把政治历史大事搬上舞台的，感兴趣的爱好者可以就此题写一篇分析性的论文。我怀疑是否创始此事的荣誉应该归于莎士比亚；至少他使这类戏剧达到迄今为止看来还是极致的高度，很少人的目力能望到这样高，也更难希望有人能眺望得更远或者超越这个高度。

我的朋友莎士比亚，你如果还活在我们中间，那我一定要跟你在一起生活，假如你是俄瑞斯忒斯，那我多么愿意做他的配角皮拉得斯，这要比做得尔福神庙里的祭司长——这个尊严的人物还要强。诸位先生，我要中断一下，明天再继续写下去，因为我现在的语调虽然是从我的心底发出，可是对于你们说也许不太有益。

莎士比亚的舞台是一个美丽的百像镜，在镜箱里世界的历史挂在一根看不见的时间的线索上从我们眼前掠过。他的布局，按照普通的措辞来说，不像什么布局，但他的剧本全部围绕着秘密的一个点旋转，（这个点还没有哲学家看见和确定过），我们自我的特殊性，僭拟的自由意志，与整体的必然的进程在这一个点上发生冲突。可是我们败坏了的趣味使我们眼睛周围升起了一阵这样的迷雾，以致若要使我们从黑暗中解放出来，几乎需要把世界重新创造。

所有法国人和受到传染的德国人，甚至魏兰也在内，在这一事情上，正如在好些别的事情上，没有使自己增添光荣。从来以毁谤一切至尊为他的职业的伏尔泰，在这一方面也证明是一个真正的特尔西脱，假如我是乌里斯的话，他要在我的杖下把背部扭歪了。

这些先生们的大多数对他的人物性格特别感到不满。而我却喊道：这是自然！是自然！没有比莎士比亚的人物更自然的了。于是大家都来围攻我了。让我透过气来，使我能把话说出。他跟普罗米修斯比赛，一点一划地学习他去塑造人类，只是这些人类有着无比巨大的身材；这就是为什么我们认不出自己弟兄的原因了；随后他用自己的精神呵了一口气，使他们都变成活人，从他们的口中可以听到他自己的语言，人们可以认出这些人物的血统渊源来。而我们这一世纪，却胆敢在自然的问题上作出判断吗？我们这些人从童年起在自己身上所感到和别人身上所看到的都是些束身的带子和矫揉造作的打扮，我们能从哪儿获得对自然的认识呢！我时常在莎士比亚面前感到羞惭，因为有时候发生这样的事情：我起先一看，觉得某一点我不会那样写的。但后来我认识到，我是一个可怜虫，自然借莎士比亚的嘴说出真理，而我的人物却是些传奇小说里的怪诞幻想所吹成的肥皂泡而已。

现在要说几句结束语，虽然我还没有开始呢。

高尚的哲学家们关于我们的世界所说的话，同样也适用于莎士比亚：我们称为罪恶的东西，只是善良的另一面，这一面对于后者的存在是必要的，而且必然是整体的一部分，正如要有一片温和的地带，就必须有炎热的赤道和冰冻的拉普兰一样。

他带领我们游览全世界，而我们这些娇生惯养，没有经历的人遇见任何一种奇异的蝗虫时，便喊道：天啊，它要把我们吃掉了。

起来吧，诸位先生！吹起号角，把所有高贵的心灵从所谓文雅趣味的乐园中唤醒，他们倦眼惺忪，在无聊的朦胧中过着半死不活的生活，心底里有着热情，骨子里却没有精髓，既不是太困要去睡眠，却又是太懒不能活动，在桃金娘和月桂树丛之间游荡，打着呵欠消磨他们影子似地生存。

开进米兰

拿破仑

演说者简介

拿破仑（1769～1821），法国军事家和政治家。这篇《开进米兰》是1796年5月15日意大利方面军和平占领米兰后，他向士兵们发布的命令。

❋　　　❋　　　❋　　　❋　　　❋

士兵们！你们像山洪一样从亚平宁高原上迅速地猛冲下来。你们战胜并消灭了一切阻挡你们前进的敌人。

从奥地利暴政下解放出来的皮埃蒙特，表现了与法国和平友好相处的天然感情。米兰是你们的，在全伦巴迪亚上空，到处都飘扬着共和国的旗帜。帕尔玛公爵和莫德纳公爵能够保留政治生命，完全归功于你们的宽宏大量。

号称能够威胁你们的敌军，再也找不到更多的障碍物，可以凭借它们来抵挡你们的勇气了。波河、提契诺河和阿达河不再阻挡你们前进了。意大利这些所谓了不起的堡垒看来都是不堪一击的，你们像征服亚平宁山脉一样迅速地征服了它们。

你们取得这么多的胜利使祖国充满喜悦。你们的代表们规定了节日，以示庆祝你们的胜利，共和国所有的公社都在庆祝这个节日。你们的父亲、母亲、妻子、妹妹以及你们所有心爱的人都为你们的胜利而欢欣鼓舞，他们都以自己是你们的亲人而感到自豪。

是的，士兵们！你们做了许多事情。可是，这是不是说你们再没有什么事可做了呢？人们在谈到我们时会不会说，我们善于取得胜利，却不善于利用胜利呢？后代会不会责备我们，说我们在伦巴迪亚碰上了卡普亚呢？不过我已经看见你们在拿起武器，懦夫般的休养生活已经使你们烦恼啦！你们为荣誉而花去的时光，也就是为自己的幸福而花去的时光。总而言之。让我们前进吧！目前我们还需要急行军，我们必须战胜残敌，我们要给自己戴上桂冠，对敌人给我们的侮辱必须给以报复！让那些准备在法国挑起内战的人等着吧！让那些卑鄙地杀死我们的驻外使节和烧毁我们军舰的人等着吧！复仇的时刻到了！

但是，要叫老百姓放心。我们是一切老百姓的朋友，特别是布鲁图家族、西庇阿家族和一切我们奉为典范的大人物的后裔的忠实朋友。恢复卡皮托利小山上的古迹，在那儿恭敬地竖起一些能使古迹驰名的英雄雕像；唤醒罗马人，使他们摆脱几百年的奴役造成的昏沉欲睡的状态。这些将是你们的胜利果实，这些果实将在历史上创造一个新的时代。不朽的荣誉将归于你们，因为你们改变了欧洲这一最美丽部分的面貌。

自由的、受全世界尊敬的法国人民正在给全欧洲带来光荣的和平，这种和平将补偿它在六年中所忍受的一切牺牲。那时你们回到家乡，你们的同胞就会指着你们说：他是在意大利方面军服过役的！

开 讲 辞

黑格尔

演说者简介

黑格尔（1770～1831），德国哲学家，德国古典唯心主义的集大成者。他第一个全面、系统地论述了辩证法，"把整个自然的、历史的和精神的世界描写为一个过程"（恩格斯语）。《开讲辞》是1816年黑格尔所作的一篇著名的演讲。从中可以看到黑格尔渊博的学识、开阔的视野、深刻的见解，还可体会到他言语的严谨和耐人寻味的哲理。

诸位先生，我所讲授的对象既是哲学史，而今天我又是初次来

到本大学，所以请诸位让我首先说几句话，就使我特别感到愉快，恰好在这个时候我能够在大学里面重新恢复我讲授哲学的生涯。因为这样的时机似乎业已到来，既可以期望哲学重新受到注意和爱好，这门几乎消沉的科学可以重新扬起它的呼声，并且可以希望这个对哲学久已不闻不问的世界又将倾听它的声响。时代的艰苦使人对于日常生活中平凡的琐屑兴趣予以太大的重视，现实上很高的利益和为了这些利益而作的斗争，曾经大大地占据了精神上一切的能力和力量以及外在的手段，因而使得人们没有自由的心情去理会那较高的内心生活和较纯洁的精神活动，以致许多较优秀的人才都为这种艰苦环境所束缚，并且部分地被牺牲在里面。因为世界精神太忙碌于现实，所以它不能转向内心，回复到自身。现在现实的这股潮流既然已经打破，日耳曼民族既然已经从最恶劣的情况下开辟出道路，且把它自己的民族性———切有生命的生活的本源——拯救过来了；所以我们可以希望，除了那吞并一切兴趣的国家之外，教会也要上升起来，除了那为一切思想和努力所集中的现实世界之外，天国也要重新被思维到，换句话说，除了政治的和其他与日常现实相联系的兴趣之外，科学、自由合理的精神世界也要重新兴盛起来。

我们将在哲学史里看到，在其他欧洲国家内，科学和理智的教养都有人以热烈和敬重的态度在从事钻研，唯有哲学，除了空名字外，却衰落了，甚至到了没有人记起，没有人想到的情况，只有在日耳曼民族里，哲学才被当作特殊的财产保持着。我们曾接受自然的较高的号召去作这个神圣火炬的保持者，如同雅典的优摩尔披德族是受留西的神秘信仰的保持者，又如萨摩特拉克岛上的居民是一种较高的崇拜仪式的保存者与维持者，又如更早一些，世界精神把它自己最高的意识保留给犹太民族，使它自己作为一个新精神从犹太民族里产生出来。我们现在一般地已经达到这样一种较大的热忱和较高的需要，即对于我们只有理念以及经过我们的理性证明了的事物才有效准。——确切点说，普鲁士国家就是这种建筑在理智上的国家。但是像前面所提到的时代的艰苦和对于重大的世界事变的兴趣也曾经阻遏了我们深彻地和热诚地去从事哲学工作，分散了我们对于哲学的普遍注意。这样一来坚强的人才都转向实践方面，而浅薄空疏就支配了哲学，并在哲学里盛行一时。

我们很可以说，德国自有哲学以来，哲学这门科学的情况看起来从来没有像现在这样坏过。空洞的词句，虚骄的气焰从来没有这样飘浮在表面上，而且以那样自高自大的态度在这门科学里说出来做出来，就好像掌握了一切的统治权——体为了反对这种浅薄思想而工作，以日耳曼人的严肃性和诚实性来工作，把哲学从它所陷入的孤寂境地中拯救出来，——去从事这样的工作，我们可以认为是接受我们时代的较深精神的号召。让我们共同来欢迎这一个更美丽的时代的黎明。在这时代里，那前此向外驰逐的精神将回复到它自身，得到自觉，为它自己固有的王国赢得空间和基地，在那里人的性灵将超脱日常的兴趣，而虚心接受那真的、永恒的和神圣的事物，并以虚心接受的态度去观察并把握那最高的东西。

我们老一辈的人是从时代的暴风雨中长成的，我们应该赞羡诸君的幸福，因为你们的青春正是落在这样一些日子里，你们可以不受扰乱地专心从事于真理和科学的探讨。我曾经把我的一生贡献给科学，现在我感到愉快，因为我得到这样一个地方，可以在较高的水准，在较广的范围内，与大家一起工作，使较高的科学兴趣能够活跃起来、并帮助引导大家走进这个领域。

我希望我能够值得并赢得诸君的信赖。但我首先要求诸君只需信赖科学，信赖自己。追求真理的勇气和对于精神力量的信仰是研究哲学的第一个条件。

人既然是精神，则他必须而且应该自视为配得上最高尚的东西，切不可低估或小视他本身精神的伟大和力量。人有了这样的信心，没有什么东西会坚硬顽固到不对他展开。那最初隐蔽蕴藏着的宇宙本质，并没有力量可以抵抗求知的勇气；它必然会向勇毅的求知者揭开它的秘密，而将它的财富和宝藏公开给他，让他享受。

在葛底斯堡的演说

林　肯

演说者简介

林肯（1809～1865），1860年当选美国第16任总统。任期内，他领导人民投入维护美国联邦统一的南北战争，使奴隶制度在美国南方最终被废除，在美国是与华盛顿齐名的伟大总统。1865年4月14日被暗杀。

本篇是世界上最著名的演说之一，虽然篇幅短小，但演说深切表达了演说者对烈士们的崇敬之情，并表达了众人要继承先烈遗志的坚定决心。

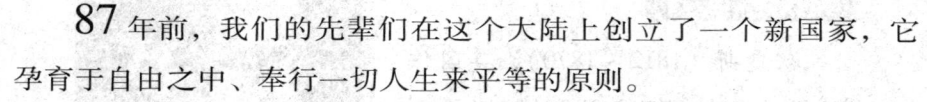

※　　※　　※　　※　　※

87年前，我们的先辈们在这个大陆上创立了一个新国家，它孕育于自由之中、奉行一切人生来平等的原则。

现在我们正从事一场伟大的内战，以考验这个国家，或者任何一个孕育于自由和奉行上述原则的国家是否能够长久存在下去。我们在这场战争中的一个伟大战场上集会。烈士们为使这个国家能够

生存下去而献出了自己的生命。我们来到这里，是要把这个战场的一部分奉献给他们作为最后安息之所。

我们这样做是完全应该而且是非常恰当的。

但是，从更广泛的意义上来说，这块土地我们不能够奉献，不能够圣化，不能够神化。那些曾在这里战斗过的勇士们，活着的和去世的，已经把这块土地圣化了，这远不是我们微薄的力量所能增减的。我们今天在这里所说的话，全世界不大会注意，也不会长久地记住，但勇士们在这里所做过的事，全世界却永远不会忘记。毋宁说，倒是我们这些还活着的人，应该在这里把自己奉献于勇士们已经如此崇高地向前推进但尚未完成的事业。倒是我们应该在这里把自己奉献于仍然留在我们面前的伟大任务——我们要从这些光荣的死者身上汲取更多的献身精神，来完成他们已经完全彻底为之献身的事业；我们要在这里下定最大的决心，不让这些死者白白牺牲；我们要使国家在上帝福佑下得到自由的新生，要使这个民有、民治、民享的政府永世长存。

在访美前送别宴会上的讲话

狄更斯

演说者简介

狄更斯（1812～1870），英国作家，是英国批判现实主义文学的重要代表。

本篇是狄更斯于1867年11月再度访美前在友人为他举行的送别宴会

上的演说。整篇演说风趣活泼，情真意切，是值得品味的传世名篇。

勋爵们，女士们和先生们，我能向你们说的任何感激之词，都无法表达我蒙此盛会接待时的感受，也丝毫不能向你们表明，主席热情洋溢的讲话和你们对其所持的赞同态度，已多么深地铭刻在我的心上。

但是，由于这两者的力量强烈震撼了我平日在听众面前所有的镇静，所以我想你们可能将发现，我的演说受到了一些影响，缺少华丽的辞藻，但感情真挚。说我要热忱感谢你们，等于什么也没说；说我将对此美好情景永志不忘，等于什么也没说；说它使我激情奔放——不仅由于现在感到自豪与荣耀、更由于想到它将永远留在我最亲爱的人们的记忆中——等于什么也没说。只感到这里的一切实在太隆重了，我现在甚至觉得痛苦。墨丘提奥的胸前为敌人之手重创时，曾这样形容自己的伤口："它没有井深，没有教堂的门宽，不过已经够了，足以说明情况。"我的胸前刚刚为友人之手重创，我可以这样形容我的伤口，它比无底的海还要深，比整座教堂还要宽。我不妨再补充一句：它现在几乎把我压得说不出话了。

勋爵们，女士们和先生们！在文学界及其他姊妹艺术界、特别是绘画界的专家、教学中，不乏我最老、最真挚的朋友。今晚他们来了这样多，要是我不为之激动，要是面对这个有代表性的卓越群体，我的心还能够不颤抖，我就该已超凡入圣，可惜我确实还是凡人。我希望能把与我志同道合的朋友们在我身边的这次聚会，看成他们所作的一种证明，即他们相信我看管下的艺术事业一直是安全的，他们认为它从来没有受过我的欺骗。我愿望在这里声明，从我执笔写作的最初时刻起，到我引以为荣的今天晚上止，我一直力求忠实于我的事业。假如我不曾这样做，那么你们刚才洪亮的欢呼声就只会成为一种对我十分严厉的谴责。

　　我毕生不懈地追求的是，一方面，决不把它的作用夸大到不适当的地步，另一方面，也决不许别人以任何借口或理由来轻贱它；有时我自视过高，竟然希望我能让它在英国的社会地位比我所看到的高一些。同样，我相信——这绝非自以为是——我能把今晚广泛地代表着不同阶层、不同行业、不同地位的公众在此的聚会，看作一种表示：公众相信，我虽有缺点和不足之处，但作为一个作家，我始终全心全意地力求忠实于他们，就像他们始终忠实于我一样。

　　所以我感到今晚在这里有责任向文艺界朋友和外界人士谈两点看法。我以前不时听人谈论过一些排外的文艺小组、小集团和派系，听说过要扶某人上去、拉某人下来，有些人是铁杆追随派，有些人是铁杆怀疑派、还有些团体互相吹捧。我知道它们是前进道路上凶恶的拦路虎。我开始踏上这条道路时，还很年轻，没有权势，没有金钱，没有同伴，也没有引荐人或顾问，但我仍应在此说明：我还从未碰到过这号人物。

　　我以前的确听到过不少议论，大意是说英国人不大喜欢或不喜欢为艺术而艺术，说他们不大愿意对艺术家的劳动表示感谢或敬意。我的亲自经验却一直与此相反。关于我的同胞们，我可以这样评论，不过关于我的国家，我不能作这样的评论。

　　女士们和先生们！现在的话题要转到你们今晚给我以殊荣的直接理由上来，不过我再度访问美国的事情，说起来很容易，也很简单。我上次去过那里以后，在美国已出现一代新人，而我的大多数最出名的书也是在我上次访美后问世的。新的这代人接触了我的那些书。许多一直广泛阅读我的著作的人，表达了一个强烈的愿望，即我应该去对自己的书作番解释。这个愿望先通过公开渠道向我转达，后又逐渐被大量以个人名义和联名写来的信所强化。这些信都以热烈、朴实、亲切和诚挚方式表示对我个人很感兴趣，我几乎说成是对我个人的钟爱，对此深情，我要是不珍惜，那就未免太麻木不仁了，你们一定会同意我这个观点的。这压力一点一点地变得十分巨大，所以我明知查尔斯·兰姆说过"我的家扎了极深的恨"，我却把它们连根拔了出来。下星期的今天，我这时已在海上了。我自然很想亲眼看看那边在四分之一世界里出现的惊人变化与进步，很想同大洋彼岸的许多忠实的老朋友握手、同从未谋面的大批新朋友相会，最后但并非最不重要的，是去尽我最大的努力为新大陆与欧洲之间敷设第三根互通音讯和联络的越洋电缆，所以你们不难想象，我是多么兴奋。12年前，我确实没有想到自己会作眼下这样的航行。

关于美利坚民族，我当时写过这样几句："不管我雪亮的眼睛能够在他们身上挑出一些什么刺来，但我十分清楚地知道，他是一个和善的、富有同情心的、慷慨大方的伟大民族。"我怀着这样的信念，再次去看望他们；但愿明年春天我将怀着同样的信念从他们那里回来；怀着这一信念，至死不渝！

谴责奴隶制的演说

道格拉斯

演说者简介

道格拉斯（1817~1895），美国著名的废奴主义者、政治家、作家。

本篇是道格拉斯1854年7月4日参加纽约州罗彻斯特市举行的国庆节庆典时，发表的一篇废奴演说。当时，美国北方各州的废奴主义者成立

了共和党，广泛地开展废奴运动，与南方各州维护奴隶制势力产生了激烈的矛盾。在此形势下，道格拉斯充分列举奴隶制的罪恶，并进行了有力的批判。他本人及自己母亲都曾沦为奴隶，深受奴隶制残酷的蹂躏，所以这篇演说慷慨激昂，充满深情，深深地打动了听众。这篇著名的演说对废奴组织的发展，产生过相当深远的影响。

※　　　※　　　※　　　※　　　※

公民们，请恕我问一问，今天为什么邀我在这儿发言？我，或者我所代表的奴隶们，同你们的国庆节有什么相干？《独立宣言》中阐明的政治自由和生来平等的原则难道也普降到我们的头上？因而要我来向国家的祭坛奉献上我们卑微的贡品，承认我们得利并为你们的独立带给我们的恩典而表达虔诚的谢意么？

为了你们，也为了我们，我真希望这几个问题能有肯定的回答！要是我的任务不至如此繁重，我的担子不至这样压人该有多好！然而，有谁会这样冷若冰霜，以至民族的同情心也难温暖他的心？有谁会这样顽固不化，对于感恩的要求毫无反应，居然不愿满怀感激地承认独立给我们带来的无价恩惠？有谁会这样麻木不仁，这样势利，在四肢解除奴役的锁链之后，仍不愿为国庆节日献上颂歌？我并非这种冷漠的人，处于这种时候，哑巴也要侃侃而谈，跛者都会如鹿踊跃。

但是，情况并非如此，我是怀着一种与你们截然不同的凄凉心情来谈及国庆的。我并不置身于欢庆的行列，你们的巍然独立只是更显露出我们之间难以度量的差距。今天，不是人人都像你们一样为幸福而欣喜。你们祖先留下的公正、自由、繁荣和独立的丰厚遗产是由你们在享用，而没有我们的份。

阳光给你们带来了光明和温暖，给我们带来的却是鞭挞与死亡，这个7月4日是你们的而不是我们的。你们可以高兴，我却只能悲伤。把一个身带镣铐的人拖进宏伟而灯火辉煌的自由宫殿，并要他与你们同唱欢乐颂歌，这简直是非人道的嘲弄和亵渎神明的讽刺。公民们，今天要我在此发言的目的也是为了嘲笑我？如若真是那样，那么被嘲笑的也有你们自己。我不禁奉劝你们，不要重蹈巴比伦王国的覆辙，这个罪恶滔天的王国最终被上帝一息吹塌，埋入废墟，永世不得复生。今天，我又要唱一唱那个历受剥削、惨遭蹂躏的民族的哀歌了。

"我们曾在巴比伦的河边坐下，一追想锡安就哭了。我们把琴挂在那里的柳树上，因为在那里，掳掠我们的要我们歌唱，抢夺我们的要我们作乐，说，给我们唱一首锡安的歌吧。我们怎能在异邦唱耶和华的歌呢？耶路撒冷啊，我们若忘记你，情愿我的左手忘记技巧；我们若不纪念你，宁可舌头贴于上膛。"公民们，在你们举国同庆的欢声笑语中，我听到了千百万人的悲号！他们昨天的沉重锁链在你们今朝的欢呼声中更显得令人难忍。今天，假如我忘记这一切，假如我没有忠实牢记那些流着血的孩子们的悲哀，我宁愿我的右手忘记技巧，我的舌头贴于上膛！忘记他们，将他们的冤屈轻易抛在脑后，去追随国庆颂歌的主旋律，就意味着最最令人愤慨和震怒的叛逆，这将使我在上帝和世界面前都成为罪人。请注意，公民们，我的主题是美国的奴隶制。我要从奴隶的角度来看今天和它的民众性，我要和美国的黑奴站在一起，把他们的冤屈当作我自己的冤屈，以我的灵魂担保，我可以毫不犹豫地说，在我看来，美国的声望再没有比这个7月4日更低下，行径更卑劣的了！无论我们对照过去的宣言，还是比较当今的声明，美国的实际行为看来是丑陋的，令人厌恶的。美国的过去是道貌岸然，今日是道貌岸然，将来依然会是道貌岸然的伪君子。今天，同上帝和被压迫的鲜血淋淋的奴隶站在一起，我要以忍辱受屈的人权的名义，以披枷戴镣的自由的名义，我敢用最最严厉的口吻责问并唾弃一切使奴隶制得以生存的东西——美国的罪孽与耻辱！"我决不闪烁其词，我也决不宽恕原谅。"我要竭力使用最最犀利的语言，但决不让片言只语刺伤那些不因偏见而丧失公正的人们，或是那些并非真心拥护并将会否定奴隶制的人们。

可是我仿佛听到听众中有人在说：正因为你们以这种口气议论奴隶制，所以你同你的废奴主义兄弟不能在公众心目中留下良好印象，倘若你们多一些辩论，少一些斥责，多一点规劝，少一点非难，你们的事业成功的可能性会大得多。然而，我以为根本无须争辩，一切昭然若揭。在反对奴隶制的纲领中有哪一条你们还需要我辩论？有哪一部分内容美国公民还需要解释呢？

难道用得着我来证明奴隶也是人？这一点是早已明明白白，无人置疑了。奴隶主本身在他们统治的法律条文中也已承认这一点。当他们惩罚违法的奴隶时业已承认了他们也是人。在弗吉尼亚州，就有七十二种罪名可以判处一个黑人的死刑，不管他是怎样的清白无辜，而其中能判处白人罪犯以同样的刑罚的只有两项。这不正承认奴隶也是有德性、有智慧、可信赖的人吗？奴隶们都具有人的健全功能，这也是无人置疑的，南方的法典中有禁止奴隶读书写字的条文，违者罚款并施以酷刑，这一事实不也是例证？如果你们能指出，在适用于牲畜的禁令中也有不准它们读书的规定的话，我就答应来辩论一下奴隶是不是人的问题。甚至街上的狗、空中的鸟、山上的牛、水中的鱼、地上爬的虫都能区别奴隶与野兽，难道还需我向你们证明奴隶也是人吗？

够了，今天所说的已足以肯定，黑种人也同样是人。如今，我们黑人耕耘、播种、收割，使用一切机械工具，我们盖房、建桥、造船、开采各种矿藏：金、银、铜、铁与黄铜，如今我们黑人也读书，能写会算，担当了职员、商人和秘书工作，我们中已不乏律师、医生、牧师、诗人、作家、编辑、演说家、教师；如今我们黑人也能和别的人种一样从事各种事业，在加利福尼亚州淘金、在太平洋上捕鲸、在山坡上放牛牧羊；我们也同样地生活、旅行、工作、思考、计划，生活在有丈夫、有妻儿的家庭；尤其重要的是，我们承认并信奉同一个基督，同样热爱生命，追求永生。在这种情况下，还非要我们证明黑人也是人，岂非咄咄怪事？

你们是要与我争辩"人类是否应当享有自由"，还是要我辩解"人类是否是他们本身的主人"？这些问题你们自己早已经告白天下了，用得着我来贬褒罪恶的奴隶制吗？对于共和国家这难道还成为问题吗？奴隶制的是非问题，还如同对付以公正的原则难作判断的、晦涩而棘手的麻烦，需要靠逻辑和推理来解决吗？如果我今天还要当着美国人的面，把讲话分成甲、乙、丙、丁，每项再分成一、二、三、四，从相对、绝对、否定、肯定各个角度来证明人有享受自由的天生权利，那在人们眼里，我成了什么样的人了？这样做既是显示了我的荒唐，也是对你们理解力的侮辱。苍天之下，没有一个人愿成为奴隶制的牺牲品。

奴隶制将人当作牲畜，剥夺他们的自由，逼迫他们无偿劳动，使他们的子孙不识自己的叔伯长辈，他们挨棍棒，受鞭笞，皮开肉绽，奴隶主用镣铐缠住他们手脚，像猪狗般地伤害他们，还要将他们拍卖，害得他们妻离子散，天各一方。还要砸他们的牙齿，将他们在火中烤灼，用饥饿迫使他们归顺于自己的主人。难道还要我去争辩这一切都是大逆不道的吗？还要我来说明这被玷污了的淌着血的奴隶制是极其错误的吗？不！完全没有这个必要。我的时间与精力应当花在值得花的事上，而不能浪费在这种无谓的争辩中。

那么，剩下的还有什么需要争论的呢？难道去争辩说奴隶制度不合神意，不是上帝创立的，我们的神学博士们搞错了吗？凡心中有不人道的亵渎神明的思想，就不可能敬仰神明。谁要驳斥这种观点，谁就可以亵渎神明。我可不会这样，争论这个问题的时代早已过去了。

事到如今，不能再寄希望于辩论，而是应该烧融我们的镣铐。哦，要是我有神力，能站到我们民族的耳旁，今天我会让辛辣而尖刻的嘲笑冲出我胸膛，将愤懑的痛斥、令人羞惭的讥讽和严厉的谴责一起冲入这耳腔。我们需要的不是火光而是烈焰！和风细雨已不能解决问题，我们要的是电闪雷劈！

我们要的是风暴、狂飙、地震！要激起民族的感情，唤起公众的良知，杜绝我们民族不体面的行为，揭露国家的伪善，将它亵渎上帝和人类的一切罪行公布于众并严加痛斥。

7月4日对于美国的奴隶意味着什么？让我来回答吧。对于长期遭受压迫凌辱的奴隶，7月4日是一年中最最屈辱和残酷的一天。对于他们来说，你们今天的庆祝活动仅是一场欺骗，你们吹嘘的自由只是一种亵渎的放肆，你们标榜的民族伟大充满骄横自负，你们的喧闹声空虚而毫无心肝，你们对暴君专制的谴责无异于厚颜无耻的言辞，你们所唱的自由平等的高调更是虚伪至极，是对这些口号本身的嘲弄。你们的祈祷与圣歌，你们的布道与感恩，连同一切宗教游行与典礼，仅仅是对上帝的装腔作势的信奉，是欺骗，是诡计，是亵渎和伪善——是给罪恶勾当蒙上的一层薄薄的纱巾，这些即便对一个野蛮人的民族来说，也是奇耻大辱的民族，然而世上没有野蛮人。当今世界再也找不到哪个民族能干出比美国人的行为更骇人听闻、血迹斑斑的事了。

到你走得到的一切地方去吧，尽你的能力去寻找吧，纵然涉足旧世界所有的君主国与专制国家，穿越整个南美洲，搜寻一切社会弊病，当你最终面对美国的日常现实时，你终于会与我异口同声地讲：说到令人发指的暴行和恬不知耻的伪善，美国真是举世无双的了。

在马克思墓前的讲话

恩格斯

演说者简介

恩格斯（1820~1895），马克思主义创始人之一，国际无产阶级和劳动人民的伟大导师，马克思的最亲密的战友。

恩格斯是伟大的思想家，还是伟大的演说家，一生讲演甚多，本篇是在马克思葬礼上的悼词。这篇简短的悼词科学地、全面地展现了马克思对世界的巨大贡献。本篇演说语言朴素，措词严密，悲壮肃穆，堪称吊唁演说的珍品。

3月14日下午两点三刻，当代最伟大的思想家停止思想了。让他一个人留在房里总共不过两分钟，等我们再进去的时候，便发现他在安乐椅上安静地睡着了——但已经是永远地睡着了。

这个人的逝世，对于欧美战斗着的无产阶级，对于历史科学，都是不可估量的损失。这位巨人逝世以后形成的空白，在不久将来就会使人感觉到。

正像达尔文发现有机界的发展规律一样，马克思发现了人类历史的发展规律，即历来为繁茂芜杂的意识形态所掩盖着一个简单事实：人们首先必须吃、喝、住、穿，然后才能从事政治、科学、艺术、宗教等等；所以，直接的物质的生活资料的生产，因而一个民族或一个时代的一定的经济发展阶段，便构成为基础，人们的国家制度、法的观点、艺术以至宗教观念，就是从这个基础上发展起来的，因而也必须由这个基础来解释，而不是像过去那样做得相反。

不仅如此。马克思还发现了现代资本主义生产方式和它所产生的资产阶级社会的特殊的运动规律。由于剩余价值的发现，这里就豁然开朗了，而先前无论资产阶级经济学家或者社会主义批评家所做的一切研究都只是在黑暗中摸索。

一生中能有这样两个发现，该是很够了。甚至只要能做出一个这样的发现，也已经是幸福的了。但是马克思在他所研究的每一个领域（甚至在数学领域）都有独到的发现，这样的领域是很多的，而且其中任何一个领域他都不是肤浅地研究的。

这位科学巨匠就是这样。但是这在他身上远不是主要的。在马克思看来，科学是一种在历史上起推动作用的、革命的力量。任何一门理论科学中的每一个新发现，即使它的实际应用甚至还无法预见，都使马克思感到衷心喜悦，但是当有了立即会对工业、对一般历史发展产生革命影响的发现的时候，他的喜悦就完全不同了。例如，他曾经密切地注意电学方面各种发现的发展情况，不久以前，他还注意了马赛尔·德普勒的发现。

因为马克思首先是一个革命家。以某种方式参加推翻资本主义社会及其所建立的国家制度的事业，参加赖有他才第一次意识到本身地位和要求，意识到本身解放条件的现代无产阶级的解放事业——这实际上就是他毕生的使命。斗争是他得心应手的事情。而他进行斗争的热烈、顽强和卓有成效，是很少见的。最早的《莱茵报》（1842年）、巴黎的《前进报》（1844年）、《德意志—布鲁塞尔报》（1847年）、《新莱茵报》（1848～1949年）、《纽约每日论坛报》（1852～1861年）以及许多富有战斗性的小册子，在巴黎、布鲁塞尔和伦敦各组织中的工作，最后是创立伟大的国际工人协会，作为这一切工作的完成——老实说，协会的这位创始人即使别的什么也没有做，也可以拿这一成果引以自豪。

正因为这样，所以马克思是当代最遭嫉恨和最受诬蔑的人。各国政府——无论专制政府或共和政府——都驱逐他；资产者——无论保守派或极端民主派——都纷纷争先恐后地诽谤他，诅咒他。他对这一切毫不在意，把它们当作蛛丝一样轻轻抹去，只是在万分必要时才给予答复。现在他逝世了，在整个欧洲和美洲，从西伯利亚矿井到加利福尼亚，千百万革命战友无不对他表示尊敬、爱戴和悼念，而我敢大胆地说：他可能有过许多敌人，但未必有一个私敌。

他的英名和事业将永垂不朽！

我也是义和团

马克·吐温

演说者简介

马克·吐温（1835～1910），美国著名的幽默讽刺作家，被誉为"文学界林肯"。自幼丧父，家境贫寒，当过排字工、领航员、淘金工人、记者，有丰富的生活阅历。1867年发表第一部短篇小说集时署名"马克·吐温"。他一生佳作迭出，包括长篇小说《镀金时代》、《汤姆·索亚历

险记》、《王子与贫儿》及短篇小说《败坏了赫德莱堡的人》、《百万英镑》等。

马克·吐温还是出色的演说家，其演说诙谐，比喻精妙。本篇是他在纽约勃克莱博物馆公共教育协会上的演讲。他幽默而辛辣地谴责了八国联军对中国的侵略，赞扬了义和团的爱国主义精神，并揭露了沙俄企图进一步霸占中国的野心。全篇妙趣横生，表达了对中国人民的真挚感情。

❋　　❋　　❋　　❋　　❋

我想，要我到这里来讲话，并不是因为把我看作一位教育专家。如果是那样，就会显得在你们方面缺少卓越的判断，并且仿佛是提醒我别忘了我自己的弱点。

我坐在这里思忖着，终于想到了我所以被邀请到这里来，是有两个原因。

一个原因是让我这个曾在大洋之上漂流的不幸的旅客懂得一点你们这个团体的性质与规模，让我懂得，世界上除了我以外，还有别的一些人正在做有益于社会的事，从而对我有所启迪。另一个原因是你们之所以邀请我，是为了通过对照来告诉我，教育如果得法，会有多大的成效。

尊敬的主席先生刚才说，曾在巴黎博览会上获得赞扬的有关学校的图片已经送往俄国，俄国政府对此深表感谢——这对我来说，倒是非常诧异的事。

因为还只是一个钟点以前，我在报上读到一段新闻，一开头便说："俄国准备实行节约"。我倒是没有料到会有这样的事。我当即想，要是俄国实行了节约，能把眼下派到满洲去的 3 万军队召回国，让他们在和平生活中安居乐业，那对俄国来说该是多大的好事啊。

我还想，这也是德国应该毫不拖延地干的事，法国以及其他在中国派有军队的国家都该跟着干。

为什么不让中国摆脱那些外国人，他们尽是在她的土地上捣乱。如果他们都能回到老家去，中国这个国家将是中国人多么美好的地方啊！既然我们并不准许中国人到我们这儿来，我愿郑重声明：让中国自己去决定，哪些人可以到他们那里去，那便是谢天谢地的事了。

外国人不需要中国人，中国人也不需要外国人。在这一点上，我任何时候都是和义和团站在一起的。义和团是爱国者。他们爱他们自己的国家胜过爱别的民族的国家。我祝愿他们成功。义和团主张要把我们赶出他们的国家。

我也是义和团。因为我也主张把他们赶出我们的国家。

我把俄国电讯看了一下，这样，我对世界和平的梦想便消失了。电讯上说，保持军队所需的巨额费用使得节约非实行不可，因而政府决定，为了维持这个军队，便必须削减公立学校的经费。而我们则认为，国家的伟大来自公立学校。

试看历史怎样在全世界范围内重演，这是多么奇怪。我记得，当我还是密西西比河上一个小孩子的时候，曾有同样的事发生过。有一个镇子也曾主张停办公立学校，因为那太费钱了。有一位老农站出来说了话，说他们要是把学校停办的话，他们不会省下什么钱。因为每关闭一所学校，就得多修造一座牢狱。

这如同把一条狗身上的尾巴用作饲料来喂养这条狗，它肥不了。我看，支持学校要比支持监狱强。

你们这个协会的活动，和沙皇和他的全体臣民比起来，显得具有更高的智慧。这倒不是过奖的话，而是说的我的心里话。

无意的剽窃

马克·吐温

演说者简介

这是霍姆斯七十寿辰（1879年12月3日）时，马克·吐温在波士顿为他祝寿的致辞。霍姆斯是美国杂志《大西洋月刊》的创始人。

* * * * *

主席先生、各位女士、先生，为了亲临为霍姆斯博士祝寿，再远的路程我也要来。因为我一直对他怀有特别亲切的感情。你们所有的人都会有这样的体验，一个人一生中初次接到一位大人物的信时，总是把这当成一件大事。不管你后来接到多少名人的来信，都不会使这第一封失色，也不会使你淡忘当时那种又惊又喜又感激的心情，流逝的时光也不会湮灭它在你心底的价值。

第一次给我写信的伟大人物正是我们的贵客——奥列弗·温德尔·霍姆斯。这也是第一位被我从他那里偷得了一点东西的大文学家。（笑声。）这正是我给他写信以及他给我回信的原因。我的第一本书出版不久，一位朋友对我说："你的卷首献词写得漂亮简洁。"我说："是的，我认为是这样。"

我的朋友说："我一直很欣赏这篇献词，甚至在你的《傻子国外旅行记》出版前，我就很欣赏这篇献词了。"我当然感到吃惊，便问："你这话什么意思？你以前在什么地方看到这篇献词？""唔，几年前我读霍姆斯博士《多调之歌》一书的献词时就看过了。"当然啦，我一听之下，第一个念头就是要了这小子的命（笑声），但是想了一想之后，我说可以先饶他一两分钟，给他个机会，看看他能不能拿出证据证实他的话。我们走进一间书店，他果真证实了他的话。我确确实实偷了那篇献词，几乎一字未改。我当时简直想象不出怎么会发生这种怪事；因为我知道一点，绝对毋庸置疑的一点，那就是，一个人若有一茶匙头脑，便会有一份傲气。这份傲气保护着他，使他不致有意剽窃别人的思想。那就是一茶匙头脑对一个人的作用——可有些崇拜我的人常常说我的头脑几乎有一只篮子那么大，不过他们不肯说这只篮子的尺寸罢了（笑声）。

后来我到底把这事想清楚了，揭开了这谜。在那以前的两年，我有两三个星期在桑威奇岛休养。这期间，我反复阅读了霍姆斯博士的诗集，直到这些诗句填满我的脑子，快要溢了出来。那献词浮在最上面，信手就可拈来（笑声），于是不知不觉地，我就把它偷来了。说不定我还偷了那集子的其余内容呢，因为不少人对我说，我那本书在有些方面颇有点诗意。当然啦，我给霍姆斯博士写了封信，告诉他我并非有意偷窃。他给我回了信，十分体谅地对我说，那没有关系，不碍事；他还相信我们所有的人都会不知不觉地运用读到的或听来的思想，还以为这些思想是自己的创见呢。他说出了一个真理，而且说得那么令人愉快，帮我顺顺当当地下了台阶，使我甚至庆幸自己亏得犯了这剽窃罪，因而得到了这封信。后来我拜访他，告诉他以后如果看到我有什么可供他作诗的思想原料，他尽管随意取用好了。那样他可以看到我是一点也不小气的；于是我们从一开始就很合得来。

从那以后，我多次见过霍姆斯博士；最近，他说——噢，我离题太远了。

我本该向你们，我的同行、广大公众和教师们说出我对霍姆斯的祝辞。我应该说，我非常高兴地看到霍姆斯博士的风采依然不减当年。一个人之所以年迈，非因年岁而是由于身心的衰弱。我希望许多年之后，人们还不能真正他说："他已经老了。"

命运与历史

尼 采

演说者简介

尼采（1844～1900），德国唯心主义哲学家。他的思想反映了正在形成的垄断资产阶级的要求和愿望。他谴责当时的自由资产阶级，称他们为因循守旧、苟且贪生的"庸人"。他强调进化即权力意志实现其自身的过程，人生的目的在于发挥权力、扩张自我。

本篇是尼采于1862年春在他与朋友们创办的文学协会上发表的演说。虽然他当时年仅18岁，但整篇演说却展示出了他极高的演讲才能。

❋　　❋　　❋　　❋　　❋

如果我们能够用无拘无束的自由目光审视基督教学说和基督会史，我们就一定会发表某些违背一般观念的意见。然而，我们从婴儿开始就被束缚在习惯与偏见的枷锁里，童年时代的印象又使我们的精神无法得以自然发展，并确定了我们的秉性的形成，因此，我们如若选择一种更为自由的观点，以便由此出发，对宗教和基督教作出不偏不倚，符合时代的评价，我们会认为这几乎是大逆不道。

试图作出这样一个评价，可不是几个星期的事，而是一生的事。

因为，我们怎么能够用青年人苦思冥想的成果去打倒存在两千年之久的权威和破除各个时代有识之士的金科玉律呢？我们怎么能够因幻想和不成熟的观点而对宗教发展所带来的所有那些深深影响世界历史的痛苦与祸福置之不理呢？

要想解决几千年一直争论不休的哲学问题，这纯粹是一种恣意妄为：推翻只把追随有识之士的信念的人抬高为真正的人的观点，对自然科学和哲学的主要成果一无所知，却要把自然科学与哲学统一起来，在世界史的统一和最高原则的基础尚未向精神显露自己的时候，最终从自然科学和历史中提出一种实在体系。

一无指南针，二无向导，却偏偏要冒险驶向怀疑的大海。这是愚蠢举动，是头脑不发达的人在自寻毁灭。绝大多数人将被风暴卷走，只有少数人能发现新的陆地。那时，人们从浩瀚无垠的思想大海之中，常常渴望着返回大陆：在徒劳的冥想中，对历史和自然科学的渴望心情常常向我袭来！

历史和自然科学——整个以准时代遗赠给我们的奇异财富，预示我们未来的瑰宝，独自构成了我们可以在其上面建造冥想的塔楼的牢固基础。

我常常觉得，迄今为止的整个哲学，多么像是巴比伦一座宏伟搭档；高耸入云乃是一切伟大追求的目标；人间天堂何尝不是这样。民众中极度的思想混乱就是没有希望的结局；倘若民众弄明白整个基督教是建立在假设基础上的，势必会发生巨大变革；什么上帝的存在，什么永生，什么圣经的权威，什么灵感，等等，都将永远成为问题。我曾经试图否定一切：啊，毁坏易如反掌，可是建设难于上青天！而自我毁灭显得更为容易；童年时代的印象，父母亲的影响，教育的熏陶，无不牢牢印在我们的心灵深处，以致那些根深蒂固的偏见凭理智或者纯粹的意志是不那么容易消除的。习惯的势力，更高的需求，同一切现存的东西决裂，取消所有的社会形式，对人类是不是已被幻想引入歧途两千年的疑虑，对自己的大胆妄为的感觉——所有这一切在进行一场胜负未定的斗争，直至痛苦的经验和悲伤的事件最终再使我们的心灵重新树起儿童时代的旧有信念。但是，观察这样的疑虑给情感留下的印象，必定是每个人对自己的文化史的贡献。除了某种东西——所有那些冥想的一种结果之外，不可能会有其他东西铭刻在心了，这种结果并不总是一种知识，也可能是一种信念，甚至是间或激发出或抑制住一种道德情感的东西。

如同习俗是一个时代、一个民族或一种思想流派留下的结果，道德是一般人类发展的结果。道德是我们这个世界里一切真理的总和。在无限的世界里，道德可能只是我们这个世界里的一种思想流派留下的结果而已；可能从各个世界的全部真理结论中会发展起一种包罗万象的真理！可是，我们几乎不知道，人类本身是否不单单是一个阶段、一个一般的、发展过程中的时代！

人类是不是上帝的一种任意形象。人也许仅仅是石块通过植物或者动物这种媒介而发展起来，不是吗？人已经达到了尽善尽美的程度吗，而且其中不也包含着历史吗？这种永无止境的发展过程难道永远不会有个尽头？什么是这只巨大钟表的发条呢？发条隐藏在里面，但它正是我们称之为历史的这只巨大钟表里的发条。钟表的表面就是各个重大事件。指针一个小时一个小时从不停歇地走动，12点钟以后，它又重新开始新的行程；世界的一个新时代开始了。

人作为那种发条不能承载起内在的博爱吗？（这样两方面都可以得到调解）。或者，是更高的利益和更大的计划驾驭着整体吗？人只是一处手段呢还是目的呢？

我们觉得是目的，我们觉得有变化，我们觉得有时期和时代之分。我们怎么能看到更大的计划呢？我们只是看到：思想怎样从同一个源泉中形成，怎样从博爱中形成，怎样在外部印象之下形成；怎样获得生命与形体；怎样成为良知、责任感和大家的共同精神财富；永恒的生产活动怎样把思想作为原料加工成新的思想；思想怎样塑造生活，怎样支配历史；思想怎样在斗争中相互包容，又怎样从这种庞杂的混合体中产生新的形态。各种不同潮流的斗争浪涛，此起彼落，浩浩荡荡，流向永恒的大海。

一切东西都在相互围绕着旋转，无数巨大的圆圈不断地扩大。人是最里面的圆圈之一。人倘若想估量外面圆圈的活动范围，就必须把自身和邻近的其他圆圈抽象化为更加广博的圆圈。这些邻近的圆圈就是民族史、社会史和人类史。寻找所有圆圈共有的中心，亦即无限小的圆圈，则属于自然科学的使命。因为人同时在自身中，并为了自身寻找那个中心，因此，我们现在认识到历史和自然科学对我们所具有的唯一的深远意义。

在世界史的圆圈卷着人走的时候，就出现了个人意志与整体意志的斗争。随着这场斗争，那个极其重要的问题——个人对民族、民族对人类、人类对世界的权利问题就显露了出来，随着这场斗争，命运与历史的基本关系也就显露了出来。

对人来说，不可能有关于全部历史的最高见解。伟大的历史学家和伟大的哲学家一样都是预言家，因为他们都从内部的圆圈抽象到外部的圆圈。而命运的地位还没有得到保证；我们要想认清个别的，乃至整体的权利，还需要观察一下人的生活。

什么决定着我们的幸福生活呢？我们应当感谢那些卷动我们向前的事件吗？或者，我们的禀性难道不是更像一切事件的色调吗？在我们的个性的镜子里所反映的一切不是在与我们作对吗？各个事件不是仿佛仅仅定出我们命运的音调，而命运借以打击我们的那些长处和短处仅仅取决于我们的禀性吗？爱默生不是让我们问问富有才智的医生，禀性对多少东西不起决定作用以及对什么东西压根儿不起决定作用?

　　我们的禀性无非是我们的性情,它鲜明地显示出我们的境遇和事件所留下的痕迹。究竟是什么硬是把如此众多的人的心灵降为一般的东西,硬是如此阻止思想进行更高的腾飞呢?——是宿命论的头颅与脊柱结构,是他们父母亲的体质与气质,是他们的日常境遇,是他们的平庸环境,甚至是他们的单调故乡。我们受到了影响,我们自身没有可以进行抵挡的力量,我们没有认识到,我们受了影响。这是一种令人痛心的感受:在无意识地接受外部印象的过程中,放弃了自己的独立性;让习惯势力压抑了自己心灵的能力,并违背意志让自己心灵里播下了萌发混乱的种子。

　　在民族历史里,我们又更广泛地发现了这一切。许多民族遭到同类事情的打击,他们同样以各种不同方式受到了影响。

　　因此,给全人类刻板地套上某种特殊的国家形式或社会形式是一种狭隘做法。一切社会思想都犯这种错误。原因是,一个人永远不可能再是同一个人;一旦有可能通过强大的意志推翻过去整个世界,我们就会立刻加入独立的神的行列,于是,世界历史对我们来说只不过是一种梦幻般的自我沉迷状态;幕落下来了,而人又会觉得自己像是一个与外界玩耍的孩子,像是一个早晨太阳升起时醒过来,笑嘻嘻将噩梦从额头抹去的孩子。

　　自由意志似乎是无拘无束,随心所欲的,它是无限自由、任意游荡的东西,是精神。而命运——如若我们不相信世界史是个梦幻错误,不相信人类的剧烈疼痛是幻觉,不相信我们自己是我们的幻想玩物——却是一种必然性。命运是抗拒自由意志的无穷力量。没有命运的自由意志,就如同没有实体的精神,没有恶的善,是同样不可想象的,因为,有了对立面才有特征。

　　命运反复宣传这样一个原则:"事情是由事情自己决定的。"如果这是唯一真正的原则,那么人就是暗中在起作用的力量的玩物,他不对自己的错误负责，他没有任何道德差别，他是一根链条上必不可少的一个环节。如果他看不透自己的地位，如果他在羁绊自己的锁链里不猛烈地挣扎，如果他不怀着强烈的兴趣力求搞乱这个世界及其运行机制，那将是非常幸运的！

正像精神只是无限小的物质，善只是恶自身的复杂发展，自由意志也许不过是命运最大的潜在力量。如果我们无限扩大物质这个词的意义，那么，世界史就是物质的历史。因为必定还存在着更高的原则，在更高的原则面前，一切差别无一不汇入一个庞大的统一体；在更高的原则面前，一切都在发展，阶梯状的发展，一切都流向一个辽阔无边的大海——在那里，世界发展的一切杠杆，重新汇聚在一起，联合起来，融合起来，形成一个整体。

关于国际联盟

威尔逊

演说者简介

威尔逊（1856～1924），1912年当选美国第28任总统，民主党人。曾任普林斯顿大学教授、校长，新泽西州州长。1918年倡议建立国际联盟，提出结束战争的《十四点纲领》。

这篇演说是他在巴黎和会上的发言，对成立国际联盟的目的、原则及美国提出这一计划的原因等阐述了自己的主张。演说站在美国政府立场上，力图打破英法垄断，使美国进入世界政治舞台的领导地位。全文条理清晰、中心突出，为政治演说中的名篇。

❋　　❋　　❋　　❋　　❋

主席先生，我认为让我在这次会议上就国际联盟问题首先发言是一种特殊的荣幸。

我们在此集会是为了两个目的：第一，对这次战争产生的亟待解决的问题提出若干措施；第二，仅通过当前的解决措施，而且通过本次会议将要作出的支持上述措施的各种安排，来保障世界和平。我认为，国际联盟，对于实现上述两个目的是必不可少的。当前的解决措施涉及许多复杂问题，因此这些措施也许不能按照我们在此达成的协议顺利制订，并得到最终的结果。不难想象，许多解决措施需要今后继续考虑，我们作出的许多决议也需要在某种程度上继续进行修改，这是因为，如果根据我个人对某些问题的研究来作出判断，这些问题目前还缺乏可靠的判断根据。

因此，我们的当务之急是应该建立某些机构，来完善本次会议的工作。

我们在此集会的目的绝不仅仅是目前需要制订若干解决措施，而是要做许多工作。我们是在国际舆论的非常特殊的情况下在此集会的。我可以毫不夸张地说，我们不是各国政府的代表，而是各国人民的代表。仅仅使世界各国政府满意是不够的，我们还必须使全人类的舆论满意。这次战争的负担已经极大地落到有关各国的全体民众身上。我用不着向你们描绘这种负担从前线转移到后方的老幼妇孺身上，转移到文明世界的千家万户头上的悲惨景象，我用不着向你们描绘战争的真正的沉重压力已经深入到各国政府看不到的地方，但只要有人类的良心在跳动，就会觉察到这种迹象。我们正是受这些人民的嘱咐，来争取能够保障他们安宁的和平。我们正是受这些人民的嘱咐，来保证这种沉重的压力不再落在他们头上。我可以这样说，当时他们所以能够忍受这种压力，正是因为他们希望代表他们的人会在这次战争以后集合起来，一致使他们今后不再遭到这种牺牲。

由此可见，我们的神圣职责就是要作出永久的安排，来反映正义和维护和平。这就是我们这次开会的中心议题。解决问题的措施可能是暂时的，但各国为了和平和正义而实行的行动却必须是永久的。我们可以规定一些常规性步骤。我们不可能作出永久性的决议。因此，我认为，我们必须尽可能考虑到全世界的情况。

举例来说，科学的许多伟大发现，学者们在实验室里的潜心研究，在课堂上的富有创造性的发展，现在却都变成了毁灭文明的事物。这不是令人震惊的状况吗？毁灭力不仅得到了成倍的增长，更主要的是获得了各种便利。

刚被我们打败的敌人就曾在几所大学拥有某些重要的科学研究发明中心，并利用它们来进行突击性的、彻底的毁灭性研究。人们只有提高警惕、坚持合作，才能使科学和军人同样处于文明的控制之下。

在某种意义上，美国对这一问题的关注及不上在此开会的其他国家。这是因为美国幅员辽阔、海疆漫长，与在此开会的其他各国相比，不大可能遭到敌人的攻击。因此美国对于国际社会的热情（这是一种非常深厚、真挚的热情）并不是一种出于担心或恐惧才产生的热情，而是一种出于对这次战争的认识而产生的理想的热情。在参加这次战争时，美国丝毫没有考虑过它是在干涉欧洲的政治、亚洲的政治或世界任何地方的政治。它当时所考虑的是，全世界现在已开始认识到，只有一种事业才能决定这次战争的结局，这就是为一切种族和一切地方的人民争取正义和自由的事业。因此，美国感到，如果由此产生的只是一个解决欧洲问题的机构，那么它在这次战争中的作用就徒劳无益，它将感到它不可能参加保证欧洲的解决方案，除非这种保证包括世界有关各国经常性监督世界和平的工作在内。

因此，我认为，我们必须同心协力，共同作出最佳判断，使国际联盟成为充满活力的事物。它不是徒具形式，不是临时性的，不是为了适应紧急情况的需要而产生的，而是一个为了各国的利益，时刻保持警惕、永远发挥作用的机构，而且，它的持续不断的活动应该充满活力；它应该发挥持久的作用，而不能让它的戒备性和它的工作遭到中断，它应该成为密切关注各国人民共同利益的耳目，成为毫不松懈的耳目，成为随时随地保持戒备和警觉的耳目。

要是我们不能使它成为充满活力的机构，那我们将会造成什么结果呢？

我们将会使各国人民伤心失望，因为他们关注的中心就在这里。自从我来到大洋这一边，在访问好几个国家时，我有过非常愉快的经历。每一次我都听到了从代表那里传来的人民群众的呼声。他们最突出的要求是希望成立国际联盟。先生们，人类的优秀阶级已不再是人类的统治者。现在人类的命运已掌握在全世界的普通人手中。为了使他们满意，你们不仅要取得他们的信任，更要建立和平。要是不能使他们满意，你们所能作出的任何安排不仅不可能建立，世界和平也不可能巩固。

先生们，我敢说，你们可以想象到美国的代表们在支持成立国际联盟的伟大计划时的感情和目的。我们认为国际联盟是整个计划的基石，它表达了我们在这次战争中的目的和理想，而且，有关各国也承认这一计划是解决问题的基础。如果我们不尽最大努力来实现这一计划就回到美国，我们将遭到我国公民同胞的理所当然的蔑视。因为他们是组成一个伟大民主国家的主体。他们期待着他们的领袖说出他们的想法，而不是为了个人的私利。他们希望他们的代表成为他们的公仆。我们别无选择，只能服从他们的命令。但是我们是怀着最大的热忱和愉快心情来接受这种命令的。同时，由于这项计划是整个结构的基石，我们已经保证用一切行动来实现它，同时也保证用一切行动来实现这个结构的一切计划。我们决不能取消计划中规定我们必须完成的任何项目。我们作为这件事情——世界和平和对正义的态度的倡议者，决不能在这件事的任何问题上妥协。这是一个原则问题。这个原则是，我们不是各国人民的主人，而是到这里来努力使世界各国人民按照自己的意愿而不是我们的意愿选择主人并掌握自己的命运。总之，我们到这儿来的目的是努力肃清造成这次战争的根源。

这些根源就是，一小批文官武将的个人兴趣；这些根源就是，大国对小国的侵略；这些根源就是，帝国通过武力胁迫，硬把不甘愿的臣民合并在一起；这些根源就是，一小撮有权者把自己的意志强加在人类头上，并利用人类作为自己的赌注。让世界从上述根源上解放出来就会实现和平。因此，你们可以明白，美国代表是决不会陷入选择一条出于私利的道路的死胡同的，因为他们已经为自己规定了坚定不移的原则路线。感谢上帝，这些路线已经被同发起这一伟大事业有关的一切品格高尚的人公认为解决问题的路线。

主席先生，我希望，当人们知道（正如我深信人们是会知道的那样）我们正式通过了国际联盟的原则，亦即要使这一原则付诸实施时，我们将通过这一事情使世界各地的人民解除忧虑不安的负担。我们处于一种独特的情况。当我信步走到这里的街上时，我看见到处都有穿美国军服的人。他们是在表达了我国的决心后才参加战争的。他们是作为圣战者前来的，不仅是为了打胜一场战争，而且是为了争取一项事业的胜利。因此我要对他们负责。

我曾要求他们为了这些目的而打仗，现在该轮到我来详细阐述这些目的了。而且，我也同他们一样，必须是一个人为这些事情而战斗的圣战者，为了实现他们为之战斗的目标，不管要付出多少代价，不管可能需要做什么。

我很高兴，我越来越发现，我们在这一问题上的地位毫无疑问是独一无二的，因为这一事业拥有各方面的拥护者。我之所以坦率承认这一点，目的是让你们理解，为什么由我们来提出它是拱门的基石，为什么我们慷慨的总统会想到请我首先发言，因为我们对欧洲大陆和东方的政治没有牵涉。这不是由于我们是唯一能够阐述这种思想的人，而是因为能与你们联合起来共同阐述这种思想乃是我们的荣幸。

我不过是试图通过刚才的发言把我们对这件事情的热情的源泉传给你们，因为我觉得，这些源泉产生于古往今来人类的一切错误和同情，而且，在这项事业上似乎已经清楚地显示了世界的脉搏。

勤奋地生活

西奥多·罗斯福

演说者简介

西奥多·罗斯福（1858～1919），共和党人。1901年，他当选副总统，同年麦金莱总统遇刺身亡，他继任美国第26任总统，时年42岁，是美国历史上最年轻的总统之一。

19世纪和20世纪之交，资本主义弊端显现，骄奢淫逸、贪图享受之风蔓延，美国建国初期的艰苦奋

斗作风被抛诸脑后。本篇是作者1899年就"勤奋地生活"这一主题在芝加哥发表的著名演说的一部分。其中,忧国之情溢于言表。

先生们,你们是西方最大城市的公民,是产生了林肯和格兰特的国家的公民。你们卓越和杰出地体现了美国性格中最具美国特色的一切。在向你们这样的人物讲话时,我想谈的不是苟且偷安的人生哲学,而是过勤奋生活的道理——过艰苦奋斗的生活,劳动、竞争的生活;我想谈那种最崇高的成就,即贪图安逸之辈与之无缘,而不畏艰险、不避劳苦从而获得最大的辉煌胜利的人才能取得的那种成就。

胆小的人,懒惰的人,不信任祖国的人,丧失坚强斗志和英勇气概的"过于文明"的人,愚昧无知的人,对"胸怀大志的铮铮铁汉"亦为之动容的巨大鼓舞力量也无动于衷的、麻木不仁的人——总之,所有这些人都闭眼不看国家正在承担新的责任;闭眼不看我们正在建设能满足我国需要的海军和陆军;闭眼不看我们正在世界事务中尽我们自己的一份力量;我们英勇的陆、海军士兵把西班牙势力逐出了美丽的热带岛国,恢复了那里的秩序。这是这样一些人,他们害怕过勤奋的生活,害怕过唯一真正有价值的国民生活。他们相信与世隔绝的生活,那种生活会消蚀一个民族的吃苦耐劳美德,正像消蚀个人的吃苦耐劳美德一样。不然,他们就沉湎于唯利是图、贪得无厌的泥潭而不能自拔,认为经商致富乃国民生活之根本。殊不知,经商致富固然重要,但毕竟只是造就真正伟大国家的许多环节中的一环而已。物质繁荣来自勤俭,来自干劲和事业心,来自工业活动领域中的艰苦努力;任何国家,如果没有深厚的物质繁荣的基础,都不可能长久生存下去;但是,如果仅仅依赖于物质繁荣,任何国家也永远不会成为真正伟大的国家。不错,一切荣誉应当归

开拓青少年视野的课外读物丛书

之于物质繁荣的设计师；归之于创办了工厂和铁路的实业巨头；归之于那些为了富裕而殚精竭虑、不辞劳苦的强人；国家大大感激这些人以及诸如此类的人。但是，我们更感激那样一些人，他们的最崇高典范应当到林肯那样的政治家和格兰特那样的军人当中去寻找。他们以自己的所作所为表明，他们深谙工作的法则和斗争的法则；他们含辛茹苦，使自己和家属过上了富足的生活；但他们懂得还有更崇高的责任——对国家的责任和对民族的责任。

因此，我的同胞们，我对你们要讲的是，祖国要求你们不要过安逸的生活，而要过艰苦奋斗的生活。20世纪已赫然在目，它将决定许多国家的命运。假如我们游手好闲，虚度光阴，一味骄奢淫逸，苟且偷安，假如我们在你死我活的激烈竞争前畏首畏尾，裹足不前，那么，更勇敢、更坚强的民族将超过我们，并将赢得统治世界的权利。因此，让我们勇敢地面对斗争的生活，下定决心卓越而果敢地履行我们的职责；下定决心不仅在口头上而且在行动上坚持正义；下定决心做既诚实又勇敢的人，脚踏实地地为崇高的理想而奋斗。最重要的是，只要我们坚信斗争是正当的，就让我们不要逃避斗争，不论是精神的或物质的斗争，国内的或国外的斗争；因为只有通过斗争、通过不避艰险的努力，我们才能最终达到真正伟大国家的目标。

你们出色的、英雄的劳动使世界吃惊

高尔基

演说者简介

高尔基（1868～1936），苏联作家，苏联社会主义文艺奠基人。本篇是他在1932年苏联共青团第七届全苏代表会议上的讲演。他密切联系当时的社会实际，指出了进行社会主义教育的迫切性和重要性，提出了树立目标等问题，并坚信共青团员们定能"表现出更出色的、英雄的劳动，使全世界吃惊"。

同志们，我要讲的也许越出你们这里讨论过的问题的范围。但你们是工农青年近卫军，你们是本国主人，在我们的现实里，没有而且不可能有哪一个问题不受到你们的注意。不应有这样的问题，同志们，你们的处境，比我那时代的青年好得无可比拟了。我们的兄弟不得不在自由主义、民粹派、消极的和积极的无政府主义——托尔斯泰、克鲁泡特金等人的无政府主义的形形色色的理论中迷失方向。无政府主义是小市民意识形态的最高成就，我们当中有许多人曾为它而度过了一生。

你们是处在另一种环境里。展现在你们面前的，是马克思和恩格斯在《共产党宣言》中所揭示和阐述的无可争辩的世界真理的最纯真的源泉。马克思和恩格斯所阐明和预料到的，像你们看见的，如今正实现着。资本主义世界正在腐烂、瓦解。弗拉基米尔·列宁的教导正在由你们来实现。像格林柯同志刚才说的，这是你们千万只手实现的。

在已做出的一切基础上，在追求拟定的目标，我国社会主义教育一定会成为日益有成效的容易的事业。

我觉得，我们的青少年社会主义教育一定会成为更有成效的事业。它是否成为这样的事业呢？我对自己，也对你们提出这个问题。

我觉得，这个事业进行得并不像应有和必须的那样有成效。它进行得不大有成效，因为，你们知道，在我国，家庭和学校之间有一些脱节现象。学校比家庭更社会主义化，儿童比父母更左倾。这是事实。你们当中有许多人亲自体验到这一点。儿童在学校里不仅读书，在一定程度上还要受社会主义教育。在学校里给儿童讲到建设的崇高任务，告诉他们未来应该是什么。但是，他们放学回到家里，他们就进入了过去的时代。你们看，同志们，情况就是这样。这当然也是非常重要的。家庭至今还是很难把旧的市民生活习惯改掉，可是孩子已经摆脱了这种生活习惯。

然而很可能，这种生活习惯会毁掉他们当中许多人。你们都知道，过去的时代把人培养成了个人主义者。我们是资产阶级个人主义的敌人。我们要创造出集体主义的人、国际主义的人。我们能不能创造出这样的人呢？你们，共青团员、无疑的会肯定而坚决地回答这个问题：是的，我们能创造出来！

但是还有一种事实，不能不提出来。我们大多数青年企望进中等技术学校，企望当工程师。同志们，这是非常自然的。我们正在要使国家工业化。

我们需要大批工程师干部。这是对的。不错。但是，同志们，除此以外，我们还需要许多别的干部。例如，我们需要大批医生干部，需要保卫国家的健康的人。在我国，他们的人数还很少。比起工程师来，他们处在另一种的更艰苦得多的环境里。因此，青年不大愿意进医学系，你们自己知道这一点，许多教师和教授都可以证实这一点。我已经提到，工程师是需要的。医生——小儿科、卫生学等等的专家也很需要。

需要合理分配力量。我们的青年应该到文化力量缺乏的任何地方去，这些力量可以改造而且已经在改造我们的国家。

我可以列举好些事实，说明医科学校的大学生转入工业中等技术学校。

也可以指出这样一桩事实：有一个人学成了当医生，跑到某地住了下来，医术不好，人们埋怨他。他本人也知道自己是个蹩脚医生。他写道："我对医学没有兴趣，我爱好文学。"然而他还是留在那里，干自己的事业。我不打算再谈这些事实。但是我知道很多这些事实。

同志们，我提出了问题，这是个很重要的问题。医学是保卫国家健康的科学。儿童的健康操在医生手里，这些儿童经过几年以后就会站在你们的岗位上。在我国，有才能的专家不多，很不多，而且他们逐渐会死掉。然而他们创造了巨大的很好的遗产。他们会这样说：瞧，我们的青年不善于利用这些遗产；不仅在乡村，而且在城市，如果我们留下蹩脚的医生，很蹩脚的医生，这样的情况是很可能的。这就必须想点办法。

我再说一遍：这个问题，对你们来说，不能是别人的问题。总之，对你们来说，在这个国家里，没有什么是别人的，不可能有你们不该响应的事情。

今天你们是共青团员，明天你们就是党员，站在责任重大的岗位上了。因此我觉得，你们必须认真注意事情的这一方面，从事正确的培养和分配你们的力量。

我们在文化方面有点落后。可是你们青年精力这么充沛，不会引起惊慌，也不会责备。你们能够干得很好。很好地干吧。你们能够胜任一切。你们是刚强的、精力充沛的人、你们懂得生活的革命问题和社会主义劳动的意义。

我再说一遍：不可能而且不应该有哪一个问题不受到你们的注意。同志们，我的话讲完了，希望你们更加强你们的能力，表现出更出色的、英雄的劳动，使全世界吃惊。

人性，太人性了

纪 德

演说者简介

纪德（1868~1951），法国作家。他父亲是南方的新教徒，母亲出身于诺曼底的天主教家庭。1946年完成了他的名作《忒修斯》。1947年他获牛津大学文学博士学位，同年11月获诺贝尔文学奖。本篇是1947年他在诺贝尔文学奖颁奖仪式上的答谢词。

❉ ❉ ❉ ❉ ❉

我被迫放弃这次预期中愉快而又有益的旅行，不能亲自来参加这次庄严的聚会，不能亲自用我的声音表达我的感谢，我的懊恼是无需说的。

如各位知道的，我一向拒绝荣誉——尤其是一些由法国所颁、而我凭着我是一个法国人这点即可当之无愧的荣誉。各位先生，我坦白承认，我是在一种头晕目眩的状态下突然接受了你们给予我的、一个作家所能期望的最高荣誉。许多年，我以为我是在荒野里呼喊，后来我只是对着一小群人说话，但今天你们向我证明，我信仰少数人的道德是对的，而这种道德迟早会获得胜利。

各位先生，在我觉得，你们的票与其说是投给我的作品，不如说是投给那种使它有了生命的独立精神，这种精神在我们这个时代从一切可能的方面遭受到攻击。你们从我身上看出了这精神,你们觉得必须赞许它、支持它——这件事使我充满了信念和内心的满足。然而,我无法不想到,仅在不久前法兰西的另一位人士,他比我把这种精神表现得更好。我想到的是保罗·梵乐希;在我跟他半个世纪的友谊中,我对他的赞美与日俱增,而只因他的去世才阻止了各位把他选入我的位置。我常说,我总是用何等友善而又非示弱的虔敬向他的天才俯首;在这天才之前,我总是感到"人性,太人性了"。愿对他的回忆充满在这颁奖的会场,而此回忆,在黑暗越深沉之际,在我眼中越显得灿亮。你们渴求自由的精神,要它战胜一切,并透过这象征性的、不分国界的、不愿卷入派系纷争的奖励,你们给予了这个精神出乎意料的机会,使它发出特异的光芒。

我邦之呼吁

甘地

演说者简介

甘地(1869~1948),印度民族运动领袖。早年留学伦敦,第一次世界大战后返回印度,提倡"不合作运动"(即非暴力抵抗运动),1948年被印度教极右派分子刺杀。这是他1931年9月在英国BBC广播电台发表的演说。

我以为印度争取自由的个争，其后果不仅影响印度与英国，而且影响全世界。印度占有全人类 1/5 的人口，是最古老文明国家之一。印度有数万年流传下来的传统，其中一部分至今保存完整，使世界为之瞠目。正如其他的文化和传统年深日久受到损坏一样，印度文明的纯净无疑也受到年代久远的侵蚀。印度若要恢复古时的光荣，就只有先获得自由。就我所知，我们的斗争之所以引起全世界的注意，并不是因为印度正在为自己的解放而战，而是因为我们争取解放所采取的手段是独一无二的，在历史上不曾为有过记录的任何民族所采用。

　　我们采用的手段不是暴力，不必流血，也无需采取时下人们所理解的那种外交手段，我们动用的仅是纯粹的真理和非暴力。我们企图成功地进行不流血革命，无怪乎全世界的注意都转向我们。迄今为止，所有国家的斗争方式都是野蛮的，他们向自己认为的敌人进行报复。

　　查阅各大国的国歌，我们发现歌词中都含有对所谓敌人的诅咒。歌词中发誓要毁灭敌人，而且毫不犹豫地引用上帝的名义并祈求神助以毁灭敌人。

　　我们印度人正努力扭转这种进程。我们感到统治野蛮世界的法则不应是指导人类的法则。统治野蛮世界的法则有悖人类尊严。

　　就我个人来说，如果需要的话，我宁愿等待数个世纪，也不愿用流血手段使我的国家得到自由。在连续不断地从政近 35 年之后，我由衷地感到，全世界对于流血已经深恶痛绝。世界正在寻找出路，我胆敢冒昧地说，或许印度古国会有幸为这饥渴的世界找到这条出路。

热血、辛劳、眼泪和汗水

丘吉尔

演说者简介

丘吉尔（1874~1965），历任英国内政、海军、陆军和空军及财政大臣，曾两度出任首相并领导英国对德作战。

本篇是他的第一任首相就职演说。发表于1940年，当时英国正处于危亡中。演说中，他提醒人民，英国将面临"一场极为痛苦严峻的考验"，主张动用欧洲的全部力量，"不惜一切代价"，对付"人类黑暗悲惨的罪恶史上前所未有的凶恶暴政"，强调要用"热血、辛劳、眼泪和汗水"来赢得英国的生存和胜利。这无疑给嚣张的法西斯迎头痛击，并为欧洲国家结成反法西斯同盟并最终战胜法西斯奠定了基础。

这篇演说成为欧洲最早声讨法西斯的檄文。演说坦率真诚、朴实无华，充满了激情，是百年来世界经典演说之一。

上星期五晚上，我接受了英王陛下的委托，组织新政府。这次组阁，应包括所有的政党，既有支持上届政府的政党，也有上届政府的反对党，显而易见，这是议会和国家的希望与意愿。我已完成了此项任务中最重要的部分。

战时内阁业已成立，由五位阁员组成，其中包括反对党的自由主义者，代表了举国一致的团结。三党领袖已经同意加入战时内阁，或者担任国家高级行政职务。三军指挥机构已加以充实。由于事态发展的极端紧迫感和严重性，仅仅用一天时间完成此项任务，是完全必要的。其他许多重要职位已在昨天任命。我将在今天晚上向英王陛下呈递补充名单，并希望于明日一天完成对政府主要大臣的任命。其他一些大臣的任命，虽然通常需要更多一点的时间，但是，我相信会议再次召开时，我的这项任务将告完成，而且本届政府在各方面都将是完整无缺的。

我认为，向下院建议在今天开会是符合公众利益的。议长先生同意这个建议，并根据下院决议所授予他的权力，采取了必要的步骤。今天议程结束时，建议下院休会到5月21日星期二。当然，还要附加规定，如果需要的话，可以提前复会。下周会议所要考虑的议题，将尽早通知全体议员。现在，我请求下院，根据以我的名义提出的决议案，批准已采取的各项步骤，将它记录在案，并宣布对新政府的信任。

组成一届具有这种规模和复杂性的政府，本身就是一项严肃的任务。但是大家一定要记住，我们正处在历史上一次最伟大的战争的初期，我们正在挪威和荷兰的许多地方进行战斗，我们必须在地中海地区做好准备，空战仍在继续，众多的战备工作必须在国内完成。在这危急存亡之际，如果我今天没有向下院作长篇演说，我希望能够得到他们的宽恕。我还希望，因为这次政府改组而受到影响的任何朋友和同事，或者以前的同事，会对礼节上的不周之处予以充分谅解，这种礼节上的欠缺，到目前为止是在所难免的。

正如我曾对参加本届政府的成员所说的那样，我要向下院说：

"我没什么可以奉献,有的只是热血、辛劳、眼泪和汗水。"

摆在我们面前的,是一场极为痛苦的严峻的考验。在我们面前,有许多许多漫长的斗争和艰难的岁月。你们问:我们的政策是什么?我要说,我们的政策就是用我们全部能力,用上帝所给予我们的全部力量,在海上、陆地和空中进行战争,同一个在人类黑暗悲惨的罪恶史上所从未有过的穷凶极恶的暴政进行战争。这就是我们的政策。你们问:我们的目标是什么?我可以用一个词来回答:胜利——不惜一切代价,去赢得胜利;无论多么可怕,也要赢得胜利;无论道路多么遥远和艰难,也要赢得胜利。因为没有胜利,就不能生存。大家必须认识到这一点:没有胜利,就没有英帝国的存在,就没有英帝国所代表的一切,就没有促使人类朝着自己目标奋勇前进这一世代相因的强烈欲望和动力。但是当我挑起这个担子的时候,我是心情愉快、满怀希望的。我深信,人们不会听任我们的事业遭受失败。此时此刻,我觉得我有权利要求大家的支持,我要说:"来吧,让我们同心协力,一道前进。"

法兰西不会灭亡

保罗·雷诺

演说者简介

保罗·雷诺(1878～1966),1940年3月20日任法国总理。在第二次世界大战中,他在法国危急的时刻主张转到北非继续进行抵抗。

本篇是雷诺于1940年6月在法

国遭德国法西斯入侵的紧急关头向全国人民发表的广播讲话。全篇通过分析国际形势，坚定了人民赢得战争胜利的信心。

※　　　※　　　※　　　※　　　※

当祖国大难临头之际，首先必须讲一件事。在这命运使人们不知所措的时刻，我要向全世界大声宣扬法国军队的英雄主义，我们士兵的英雄主义以及我们统帅的英雄主义。

我看到从战场上下来的人，他们由于敌机的骚扰，由于长途行军和激烈的战斗已经五天没合眼了。

这些被敌人认为神经已经崩溃的人对战争的最后结果没有丝毫怀疑。他们对祖国的未来没有丝毫怀疑。

从海岸到阿尔贡的战斗已经超过了敦克尔克军队的英雄主义。法国的灵魂并没有消失。

我们的民族是不为入侵者所屈服的民族。几个世纪以来，我们所生存的土地遭受过多少次入侵，然而我们的民族总是击退或战胜了入侵者。

世界应该知道法国所遭受的苦难。世界应该知道它对法国欠下了债务。

现在是偿还债务的时候了。

法国军队是民主国家军队的先锋队。它牺牲了自己，但是尽管在这场战斗中失败了，它给予共同敌人以致命的打击。敌人的数百辆坦克被摧毁、飞机被击落、人员遭伤亡、综合汽油工厂和飞机遭损失，这一切都说明德国人目前的精神状态，尽管他们取得了胜利。

法国受到了创伤，她有权求助于别的民主国家，对她们说："我们有权向你们提出要求。"她们要是有正义感的话，没有一个会对此拒绝。

但是同意是一回事，付诸行动是另一回事。我们知道，理想在伟大美国人民的生活中占有多么崇高的地位。难道他们宣告反对纳粹德国还要犹豫吗？

你们知道，我已经向罗斯福总统要求援助。我今晚已向他发出新的也是最后的呼吁。

每次我要求美国总统增加美国法律所允许的各种形式的援助，他都慷慨地应允了，他的人民赞成这种援助。

但是我们今天的情况更为严重。今天，法国的生命，至少法国生命的精华处于危险之中。我们的战斗一天比一天艰苦，如果一直看不到共同胜利的遥远希望，那么我们继续打下去没有多大意义。

英国飞机的优势更大了，质量更高了。必须派遣大批战机越过大西洋，去击垮统治欧洲的邪恶军队。

尽管我们遭到了挫折，民主国家的力量依然强大。我们有权希望，这整个力量发挥作用的日子就要到来了。这就是我们心中保持希望的原因。这也是我们希望法国保持一个自由政府离开巴黎的原因。

必须防止希特勒镇压合法政府，防止希特勒向世界宣告法国仅有一个受他雇佣的傀儡政府，就像他企图在各地建立的傀儡政府一样。

在伟大的历史考验中，我们的人民经历了受失败主义情绪折磨的岁月。

这是因为他们一向认为他们是伟大的人民。

不管将来发生什么情况，法国人民准备遭受痛苦。愿他们无愧于他们国家的历史，愿他们成为兄弟，愿他们团结在遭受创伤的祖国周围。

复兴的日子必将到来！

科学的颂歌

爱因斯坦

演说者简介

爱因斯坦（1879~1955），犹太人，生于德国。1921年获诺贝尔物理学奖。1933年因受法西斯迫害迁居美国，1940年加入美国籍。他是20世纪最有影响、最伟大的科学家之一，相对论创立者，对现代物理学的发展作出了伟大贡献。他还是一位社会活动家，致力于世界和平事业，反对民族主义、种族主义和纳粹主义。

本篇是1931年他对加利福尼亚理工学院学生的讲话。他忠告即将走进科学殿堂的青年学生要关心人本身，要使科学造福于人类，而不致使其成为祸害。

看到你们这支以应用科学作为自己专业的青年人的兴旺队伍，我感到十分高兴。

我可以唱一首赞美诗，反复颂扬应用科学已达到的辉煌成就和你们将要进一步作出的巨大进展。我们的确是生活在应用科学的时代和应用科学的家乡。

但是我不想这样来谈。我倒是想起了那个娶了个不太漂亮的妻子的青年人，当人家问他是否感到幸福，他用了这样的话回答："如果我要说真话，我就不得不扯谎。"

我也正是这样想。试想，一个很不开化的印第安人的经验是否不如一般文明人幸福丰富呢？我想并不是。文明国家的儿童都那么喜欢扮"印第安人"玩，意味是深长的。

这样了不起的应用科学，既然节约了劳动力，又使生活变得更加舒服，却为什么给我们那么少的幸福呢？坦率的回答是，因为我们还没有学会合理地去使用它。

在战争中，它被用来相互残杀毒害；在和平时，它使生活促迫而不安定。

它不是把我们从耗费精力的劳动中大大地解放出来，却使人成为机器的奴隶；绝大部分情况下总是在厌倦地完成他们冗长单调的工作，还必须经常为那一点可怜的口粮而担心。

你们会以为，我这老头子是在唱不吉利的调子。但我却只是想做点善意的忠告。

为了使你们的工作增进人类的幸福，你们只懂得应用科学是不够的。关心人本身及其命运，应当始终成为一切技术上奋斗的主要目标；关心组织劳动和产品分配这个重大的尚未解决的问题才能保证我们智慧的产物会促进人类幸福，而不致成为祸害。在你们埋头于图表和方程式中时，千万不要忘记了这一点！

责任·荣誉·国家

麦克阿瑟

演说者简介

麦克阿瑟（1880~1964），美国五星上将。

本篇是麦克阿瑟在西点军校接受美国军事学院给他颁发的最高荣誉奖——西尔韦纳斯·塞耶荣誉勋章仪式上所发表的演说。尽管此时的他已有82岁高龄，但整篇演讲却娓娓动听，充满力量。

今天早晨，我走出旅馆的时候，看门人问道："将军，您上哪儿去？"

一听说我到西点时，他说："那是一个好地方，您从前去过吗？"

这样的荣誉是没有人不深受感动的，长期以来，我从事这个职业；我又如此热爱这个民族；我无法用语言来表达我的感情。然而，这种奖赏主要的并非着重推崇个人，而是表现一个伟大的道德情操——捍卫这块可爱土地上的文化与古老传统的那些人的行为与品质的准则。这就是这个大奖章的意义。从现在以及后代看来，这是美国军人的道德标准的一种表现。我一定要遵循这种方式，结合崇高的理想，唤起自豪感；也要保持谦虚。

责任－荣誉－国家。这些神圣的名词尊严地指出您应该成为怎样的人，可能成为怎样的人，一定要成为怎样的人。它们是您振奋精神的起点；当您似乎丧失勇气时由此鼓起勇气；似乎没有理由相信时重建信念；当信心快要失去的时候，由此产生希望。遗憾得很，我既没有雄辩的辞令，诗意的想象，也没有华丽的隐喻向你们说明它的意义。怀疑者一定要说它们只不过是几个名词，一句口号，一个华丽的词句而已。每一个迂腐的学究，每一个蛊惑人心的政客，每一个玩世不恭的人，每一个伪君子，每一个专肇事端者，很遗憾，还有其他个性完全不同的人，一定企图贬低它们，甚至达到愚弄、嘲笑它们的程度。

但这些名词却能完成这些事。它们建立您的基本特性，它们塑造您将来成为国防卫士的角色；使您软弱时能够坚强地起来，畏惧时有勇气面对自己。

在真正失败时要自尊，要不屈不挠；成功时要谦和，要身体力行不崇尚空谈，要面对重压以及困难和挑战的刺激；要学会巍然屹立于风浪之中，但是，对遇难者要寄予同情；要律人也律己；心灵要纯洁的，目标要崇高的；要学会笑，不要忘记怎么哭；要长驱直入未来，可不该忽略过去；要为人持重，但不可过于严肃；要谦逊。这样您就会记住真正伟大的纯朴，智慧的虚心，强大的温顺。它们赋予您意志的坚忍，想象的质量，感情的活力，从生命深处所焕发精神，以勇敢的优势克服胆怯，甘去冒险胜过贪图安逸。它们在你们心中创造奇境，永不熄灭的进取精神，以及生命的灵感与欢乐。它们以这种方式教导你们成为军官或绅士。

您所率领的是哪一类士兵？他们可靠吗？勇敢吗？他们有能力赢得胜利吗？他们的故事您全都熟悉，那是美国士兵的故事。我对他们估价是多年前在战场上形成的，至今并没有改变。那时，我把他们看作是世界上最崇高的人物！现在，仍然这样看待他们。不仅是一个具有最优秀的军事品德，而且也是最纯洁的一个人。他们的名字与威望是每一个美国公民的骄傲。在年轻力壮时期，他们奉献出了一切与忠诚，他们无需找与别人来颂扬，他们自己写下了自己的历史，用鲜血写在敌人的胸膛上。可是，当我想到他们在灾难中的坚忍，在战火里的勇气，成功的谦虚，我满怀的赞美之情是无法言状的。

他们在历史上成为一位成功的爱国者的伟大典范；他们是后代的，作为对于子孙进行解放与自由主义的教导者；现在，他们把美德与成就献给我们。在二十次会战中，在上百个战场上，在成千堆的营火中，我亲眼目睹不朽的坚韧不拔的精神、爱国的忘我精神以及不可战胜的决心，这些已把他们的形势铭刻在他们的人民的心坎上。从天涯到海角，他们已深深饮干勇气之杯。

当我听到合唱队的这些歌曲，在记忆的眼光中，我看到第一次世界大战中蹒跚的行列，在透湿的背包的重负下，从大雨到黄昏、从细雨到黎明，疲惫不堪地在行军，沉重的脚踝深深踩在弹痕斑斑的泥泞路上，进行你死我活的斗争。他们嘴唇发青，浑身泥泞，在风雨中哆嗦着，从家里被赶到敌人面前，而且，许多人被赶到上帝的审判席上。

我不了解他们出生的高贵，可我知道他们死得光荣。他们从不犹豫，毫不怨恨，满怀信念，嘴边唠叨着继续战斗直到胜利的希望而死。他们信奉——责任－荣誉－国家；当他们在开启光明与真理时，他们一直为此流血、挥汗、洒泪。

二十年以后，在地球另一边，又是肮脏的散兵坑，泥泞的地下洞；那灼热的阳光，倾盆的大雨，荒无人烟的丛林小道，与亲人长期分离的痛苦，热带疾病的猖獗蔓延，战后的恐怖阴森；他们坚定果敢的防御，他们迅速准确的攻击，他们不屈不挠的意志，他们全面决定性的胜利——永远通过他们最后在血泊中的攻击，庄严地跟随着您的责任－荣誉－国家。

这几个名词的准则贯穿着最高的道德准则，并将经受任何为提高人类文明而传播的伦理或哲学的检验。它所要求的是正确的事物、它所制止的是谬误的东西。在众人之上的战士，要履行宗教修炼的最伟大行为——牺牲。在战斗中，面对着危险与死亡。他显示出造物者按照自己意愿创造人类时所赋予的品质，只有神明的援助能支持他，任何肉体的勇敢与动物的本能都代替不了。无论战争如何恐怖，招之即来的战士准备为国捐躯是人类最崇高的进化。

现在，你们面临着一个新世界——一个变革中的世界。人造卫星和火箭进入太空，标志着人类漫长的历史开始了另一个时代——太空时代的篇章。自然科学家告诉我们，花费了五十亿年造成的地球，在三亿年才出现的人类，再没有比现在发展更快、更伟大了。我们从现在起，不单要处理世界上的事物，同时要探索宇宙中无穷无尽尚未发现的秘密。我们正在迈向一个崭新的无边无际的界限。我们谈论着不可思议的话：控制宇宙的能源，使其为我们工作；创造空前的合成物质，补充甚至代替古老的基本物质；净化海水供我们饮用；开发海底作为财富与粮食新基地；预防疾病；延长寿命几百岁；调节空气，使冷热、晴雨分布均衡；登月宇宙飞船；战争中的主要目标不仅限于敌人的军队，也包括其居民；团结起来的人类与某些星系行星的恶势力的最根本矛盾；使生命成为有史以来最扣人心弦的那些梦境与幻想。

在所有这些巨大变化与发展中，你们的任务就是坚定与神圣的——即赢得我们战争的胜利。你们是职业军人，这是个生死攸关的献身的职业。其余的一切公共目的、公共计划、公共需求、无论大小，都可以寻找其他的办法去完成；而你们就是训练好参加战斗的，你们的职业就是战斗——决心取胜。

在战争中明确的认识就是为了胜利，胜利不是任何东西可以替代的。假如您失败了，国家就要遭到灭亡，唯一缠住您的公务职责就是责任－荣誉－国家。

其他人将争论着国内外的、分散人们思想的争论结果，可是，您将安详、宁静地屹立在远处，作为国家的卫士，作为国际矛盾的怒潮中的救生员，作为战斗的竞技场上的格斗士。一个半世纪以来，你们曾经防御、守卫、保护着解放与自由、权利与正义的神圣传统。让老百姓的声音来辩论我们政府的功过，诸如我们的力量是否因长期的财政赤字而衰竭；是否因联邦的家长式统治力量过大、权力集团发展过于骄横自大，政治太腐败，罪犯过于猖獗，道德标准降得太低，捐税提得太高，极端分子的偏激而衰竭；我们个人的自由是否像应有的那样完全彻底。这些重大的国家问题无须你们的职业去分担或军事来解释。你们的路标——责任-荣誉-国家，这抵得上夜里的十倍灯塔。

你们是联系我国防御系统全部机构的酵母。从你们的队伍中涌现那些战争警钟敲响时手操国家命运的伟大军官。从来也没有人打败过我们。假如您这样做，一百万身穿橄榄色、棕卡其、蓝色和灰色制服的灵魂将从他们的白色十字架下站起来，以雷霆般的声音响起神奇的词句——责任-荣誉-国家。

我并不是说你们是好色之徒。相反，战士比任何人更祈求和平，因为他必须忍受战争最深刻的伤痛与疮疤。可是，在我们的耳边经常响起著名哲人柏拉图的不祥之话："只有死者看到战争的结束。"

我已老朽，黄昏将至，我肉体行将入木，声音与颜色也将随之消失，辉煌的往事，已在梦境中消逝。这些回忆是非常美好的，是以泪水湿润，以昨天的微笑抚慰的。我以渴望的耳朵聆听着微弱的起床号声的迷人旋律，远处咚咚作响的鼓声，在我的梦境里又听到噼啪的枪炮声，咯咯的步枪射击声，战场上忧伤的低语声。可是，在我记忆的黄昏，我又来到西点，那里始终在我的耳边回响着：责任-荣誉-国家。

今天是我最后一次检阅你们。但是，我希望你们知道，当我死去时，我最后的内心深处一定是属于这个部队的——这个部队的——这个部队的。

我愿你们珍重，再见了！

我们唯一不得不害怕的就是害怕

富兰克林·罗斯福

演说者简介

富兰克林·罗斯福（1882~1945），生于纽约州海德公园村的名门世家。1932年在经济危机中当选美国第32任总统，为美国历史上唯一连任四届的总统。

这位"轮椅总统"的演说坚定乐观，干脆利落，真切感人。当时经济危机笼罩美国，举国惶恐不安。他以一句"我们唯一不得不害怕的就是害怕"，鼓起了美国人民向危机开战的勇气。他所阐述的许多振兴措施，实质上宣告了自由放任经济的终结和"新政"的开始。

※　　※　　※　　※　　※

我肯定，同胞们都期待我在就职时，会像我国目前形势所要求的那样，坦率而果断地向他们讲话。现在正是坦白、勇敢地说出实话，说出全部实话的最好时候。我们也不必畏首畏尾，不老老实实面对我国今天的情况。这个伟大的国家会一如既往地坚持下去，它会复兴和繁荣起来。因此，让我首先表明我的坚定信念：我们唯一不得不害怕的就是害怕本身——一种莫名其妙的、丧失理智的、毫无根据的恐惧，它会把转退为进所需要的种种努力化为泡影。凡在我国生活阴云密布的时刻，一个坦率而有活力的领导，都得到过人民本身的这种理解和支持，从而为胜利准备了必不可少的条件。我相信，在目前危急时刻，大家会再次给领导以同样的支持。

我和你们都要以这种精神，来面对我们共同的困难。谢天谢地！这些困难只是物质方面的。价值已难以想象地贬缩了；课税增加了；我们的支付能力下降了；各级政府都面临着严重的收入短缺；交换手段在贸易过程中遭到了冻结；工业企业枯萎的落叶到处可见；农场主的产品找不到销路；千家万户多年的积蓄付之东流。更重要的是，大批失业公民正面临严峻的生存问题，还有大批公民正以艰辛的劳动换取微薄的报酬。只有愚蠢的乐天派会否认当前这些阴暗的现实。

但是，我们的苦恼决不是因为缺乏物资。我们没有遭到什么蝗虫灾害。我们的先辈曾以信念和无畏一次次转危为安，比起他们经历过的险阻，我们仍大可感到欣慰。大自然仍在给予我们恩惠，人类的努力已使之倍增。富足的情景近在咫尺，但就在我们见到这种情景的时候，宽裕的生活却悄然离去。这主要是因为主宰人类物资交换的统治者们失败了，他们固执己见而又无能为力，因而已经认定失败，并撒手不管了。贪得无厌的货币兑换商的种种行径，将受到舆论法庭的起诉，将受到人类心灵和理智的唾弃。

不错，他们作出过努力，但他们的努力一直束缚于陈旧的传统方式。面对信用的失败，他们提议的只是更多地贷款。当利润失去了吸引力，不能再用来诱使人们服从他们的错误领导时，他们就求助于规劝，眼泪汪汪地请求人们恢复信心，他们只知道追求私利的那一代人的原则。他们没有远见，而没有远见，人民就要遭殃。

货币兑换商已从我们文明庙堂的宝座上溜之大吉了。我们现在可以按古老的真理来恢复庙堂了。至于能恢复到什么程度，这要看我们如何运用社会价值，使它比纯粹的金钱利润更可贵。

幸福并不在于单纯地占有金钱；幸福还在于取得成就后的喜悦，在于创造性努力时的激情。务必不能再忘记劳动带来的喜悦和激励，而去疯狂地追逐那转瞬即逝的利润。如果这些暗淡的时日能使我们认识到，我们真正的天命不是要别人侍奉，而是为自己和同胞们服务，那么，我们付出的代价就完全是值得的。

认识到把物质财富当作成功的标准是错误的，我们就会抛弃以地位尊严和个人收益为唯一标准，来衡量公职和高级政治地位的错误信念；我们必须制止银行界和企业界的一种行为，它常常使神圣的委托混同于无情和自私的不正当行为。难怪信心在减弱，因为增强信心只有靠诚实、荣誉感、神圣的责任感、忠实地加以维护和无私地履行职责；而没有这些，就不可能有信心。

但是，复兴不仅仅要求改变伦理观念。这个国家要求行动起来，现在就行动起来。我们压倒一切的首要任务是安排人们工作。如果明智地、勇敢地面对这个问题，这就不是什么解决不了的问题。我们可以像处理战时紧急情况那样，通过政府本身的直接招雇来解决部分问题，并通过这种招雇，同时完成迫切需要的工程，促进和调整天然资源的使用。与此同时，我们要坦白地承认，我们的工业中心已人口过剩，因此要通过全国性的重新分配，努力为最善于使用土地的人提供更好的使用条件。为了促进这项工作，可以通过具体的努力来提高农产品的价值，并以此提高对城市产品的购买力；可以通过从实际出发，防止出现小房产主和农场主因丧失赎回权而日益蒙受损失的悲剧；可以通过坚持联邦政府、州政府和地方政府立即按要求大幅度削减经费；可以通过统筹安排救济工作，改变目前那种常常是分散的、效益不大的和不公平的局面；可以通过由国家统一规划和监督各种形式的运输、交通以及明确具有公共性质的其他设施。总之，可以通过许多方法来促进这项工作，但光说不做永远无济于事。我们必须采取行动，迅速地采取行动。

最后，为了防止重新出现旧秩序的种种弊端，必须严格监督所有的银行、信贷和投资；必须制止利用他人的钱财进行投机，必须提供充足而健全的货币。

我们有几条进攻路线。我会立即敦促新一届国会召开特别会议，对实施这些路线的详细措施进行审议，我还将要求有关各州立即援助。

通过这个行动纲领，我们要致力于整顿国库和平衡收支。我们的国际贸易关系虽然很重要，但从时间和需要而言，要服从于建立健全的国家经济。

我赞成讲究实际，最重要的事情最先做。我将不遗余力地通过国际经济调整来恢复同各国的贸易，但是，不能等到这项工作完成后再来处理国内的紧急情况。

国家复兴的这些具体方法，其基本指导思想不是狭隘的民族主义。它首先考虑的是坚持合众国各个部分、各种因素的相互依靠——即认识到这是美国拓荒精神的传统和永远重要的体现。这是通向复兴的道路。这是直接的道路。这是持久复兴的最坚强的保证。

在外交政策方面，我认为美国应当献身于睦邻政策——做一个决心尊重自己，因而也尊重其他国家的权利的邻国——做一个遵守自己的义务，遵守与世界各国的神圣协议的邻国。

如果我对我国人民的情绪理解得正确，那就是：我们现在比以往任何时候都更加认识到我们必须相互依靠；我们不能只求有所得，还要有所给；我们要前进，就必须像一支受过训练的忠诚的军队那样行动，并甘愿为共同的纪律有所牺牲，因为没有这种纪律，我们就不可能前进，就不可能形成有效的领导。我知道，我们准备并且愿意为这种纪律献出生命和财产，因为它使一个以更远大的利益为目标的领导成为可能。这就是我想要提供的领导。我保证，这些远大目标将如同一种神圣的义务对我们大家都产生约束，产生只有在战争时期才有过的共同责任感。

作了这项保证，我毫不犹豫地开始领导这支由我国人民组成的大军，纪律严明地向我们共同的问题发起进攻。

我们继承了先辈创立的政体，因此，用这样的行动并达到这样的目的是可行的。我们的宪法简明而实用，总是可以在不失去基本形式的情况下，通过着重点和排列的变化来迎合特殊的需要。正因为如此，我们的宪制才不愧为现代世界所产生的最经得起考验的政治机制。它经受住了大规模的领土扩张，对外战争、痛苦的内战和国际关系等种种压力。

我希望，行政权和立法权之间的正常平衡完全能应付我们面临的空前任务。但是，史无前例的要求和迅速行动的需要，也可能使我们暂时背离公共程序上的这种正常平衡。

根据宪法赋予我的职责，我准备提出一些措施，而一个受灾世界上的受灾国家也许需要这些措施。对于这些措施，以及国会根据本身的经验和智慧可能制订的这类其他措施，我将在宪法赋予我的权限内，设法予以迅速地采纳。

但是，如果国会拒不采纳这两条路线中的一条，如果国家紧急情况依然如故，我将不回避我所面临的明确的尽责方向。我将要求国会准许我使用唯一剩下的手段来应付危机——向非常情况开战的广泛的行政权，就像我们真的遭到外敌入侵时授予我那样的广泛权力。对大家寄予我的信任，我一定报以时代所要求的勇气和献身精神。我不会做得比这少。

让我们正视面前的严峻岁月，怀着举国一致给我们带来的热情和勇气，怀着寻求传统的、珍贵的道德观念的明确意识，怀着老老少少都能通过恪尽职守而得到的问心无愧的满足。我们的目标是要保证国民生活的圆满和长治久安。我们并不怀疑基本民主制度的未来。合众国人民并没有失败。他们在需要时表达了自己的委托，即要求采取直接而有力的行动。他们要求有领导的纪律和方向。他们现在选择了我作为实现他们的愿望的工具。在此举国奉献之际，我们谦卑地请求上帝赐福。愿上帝保佑我们大家和每一个人。愿上帝在未来的日子里指引我。

有个儿童在梦想

莫里亚克

演说者简介

莫里亚克（1885～1970），法国小说家、诗人、评论家。出生于一个笃信宗教、严守古风的上层中产家庭。1933年他当选为法兰西学院院士。1952年诺贝尔文学奖的获得者。其小说主题阴郁而严峻，凝聚着一种难以和缓的紧张气氛。其每部作品中都有一个同罪孽相搏斗的虔诚的灵魂。尽管他在国外名声不大，但很多人认为他是继普鲁斯特之后法国最伟大的小说家。

本篇是他在1952年诺贝尔文学奖颁奖仪式上的受奖演说。

❋　　❋　　❋　　❋　　❋

你们正在给予荣誉的这位文人，他应该触及的最后话题，我想，是他本人和他的创作。我的思想怎能摆脱那种创作和那个人，那些贫乏的故事和那个平凡的法国作家？由于瑞典学院的恩宠，他突然发现自己享有过高的荣誉，几乎不知所措。不，我不认为那是出于虚荣心，我才回顾这段漫长的道路：从一个无名的孩子直至今晚在你们中间占据这一席位。

在我开始写作的时候，我从未想到这个幸存在我的作品中的小小世界，这个我在那里度过学校假期而几乎连法国人自己也不知道的外省角落，居然会引起外国读者的兴趣。我们一向相信我们的独特性，我们忘记了：那些迷住我们的作品，乔治·艾略特和狄更斯、托尔斯泰或陀思妥耶夫斯基以及塞尔玛·拉格洛夫的小说，描写的是与我们迥然不同的国家，描写的是另一种族和另一宗教的人类。但是，尽管如此，我们迷上它们，仅仅因为我们从中发现了我们自己。整个人类展示在我们出生地的农民中，世界地平线内所有农村通过我们的童年展现。我们出生在狭小的世界，在那里学会爱和忍受；小说家的天才就在于他能揭示这个狭小世界的普遍性。对于法国内外许多读者，我的世界似乎是忧郁的。我会说这一直使我感到惊讶吗？凡人，因为他们终有一死，所以害怕提及死亡；那些从不爱人也不被人爱的人，那些已经被人抛弃或背叛的人，或者还有一些人，他们徒劳地追求不可企及者，不屑于看上一眼追求他们而不为他们所爱的可怜者——所有这些人，一旦读到一部小说作品描写爱之心的孤独，就会感到震惊和愤慨。犹太人对先知以赛亚说："告诉我们愉快的事情，用惬意的谎言欺骗我。"

是的，读者要求用惬意的谎言欺骗他们。尽管如此，活在人类记忆中的作品是那些完整地描写人类戏剧的作品，不回避无法治疗的孤独。我们人人都必须在孤独中面对自己的命运，直至死亡——这是最终的孤独，因为我们最终都将孤独地死去。

这是一个没有希望的小说家的世界。这是你们伟大的斯特林堡引导我们进入的世界。如果不是为了那个无限的希望，这也将是我的世界，因为自从我领悟到自觉的生活，我实际上已经迷上那个无限的希望。它以一线光明穿透我所描写的黑暗，我的色彩是黑暗的，我被认定是黑暗，而不是穿透黑暗并在那里秘密燃烧的光明。每当某个法国女人企图毒死她的丈夫或勒死她的情人，人们就告诉我说："这是你的题材。"他们以为我开着一个恐怖博物馆，我是一个怪物专家。然而，我的人物与当代小说中的大多数人物有一个本质不同：他们感到自己有灵魂。在尼采之后的欧洲，仍能听到琐罗亚斯德呼叫"上帝死了"的反响，仍能见到这一反响的可怕后果。我的人物或许不全相信上帝还活着，但是，他们全都有一颗道德心，知道他们存在中的一部分认识罪恶。不可能犯罪。他们全部隐隐约约感到他们是他们的行为的奴隶，在别的命运中有反响。

　　对于我的那些或许是可怜的主角，生活是无限运动的经验，一种无限地超越自身的经验。人，只要不怀疑生活有方向和目标，就不会绝望。现代人的绝望产生于世界的荒谬，他们的绝望以及对于代理神话的屈从：这种荒谬使人变成非人。当尼采宣告上帝死亡时，他也宣告在我们曾经生活和我们仍然必须生活的时代里，人失去自己的灵魂，因而也失去个人的命运，变成驮畜，受到纳粹分子和今日使用纳粹手段的那些人的虐待。一匹马、一头骡和一头牛有市场价格，但是，由于一种有组织、有系统的清洗，不用破费就可以获得人这种动物，从中榨取利润，直至它枯竭而死。任何一个作家，如果他把依据上帝形象创造的、得到耶稣基督拯救和受到灵圣启示的人作为他的创造中心，按照我的观点，他就不能被认为是绝望的作家，即使他的画面始终这样忧郁。他的画面之所以忧郁，那是因为在他看来，人的本性如果不是受到腐化，也是受到伤害。不待说，一个基督教小说家不能依据田园诗叙述人类历史，因为他无须避开罪恶的秘密。

　　但是，念念不忘罪恶也是念念不忘纯洁和童年。令我伤心的是，过于草率的批评家和读者没有认识到儿童在我的故事中占据的地位。

在我的所有作品中间，有个儿童在梦想。它们含有儿童们的爱，最初的亲吻和最初的孤独，含有我所珍爱的莫扎特音乐中的一切东西。人们已经注意到我的作品中的毒蛇，但是没有注意到鸽子在不止一集中筑窝，因为在我的作品中，童年是失去的乐园，它介绍罪恶的秘密。

罪恶的秘密，对待它有两种方法。当它出现在我们之中和之外——出现在我们的个人生活、我们的激情以及渴望权力的帝国用人血书写的历史中，我们要么拒绝它，要么接受它。我一向认为，在个人的和集体的罪行之间有着密切关联；作为一个新闻作家，我只是日复一日在政治历史的恐怖中，揭示出发生在心底暗处的无形历史的有形结果。为了证实罪恶是罪恶，我们付出了昂贵的代价，我们头顶上的天空至今还飘浮着焚尸炉的烟雾，我们已经亲眼目睹它们吞噬千百万无辜者，甚至儿童。而历史按照同样的方式延续着。集中营制度已经在一些古老的国家中扎根，而多少世纪以来，基督曾在那里被热爱、崇拜和侍奉。我们恐惧地注视着世界的那一部分：在那里，人仍然享受着人的权利，人的思想仍然保持自由，但是，它正在我们的眼皮底下日益缩小，犹如巴尔扎克小说中的"驴皮"。绝对不要以为，我作为一个信仰者，故意无视由于地球存在罪恶而造成的对于信仰的种种非难，对一个基督教徒，罪恶始终是最恼人的秘密。如果一个人在历史的罪行中坚持他的信念，他将困惑于这个永恒的耻辱：救赎显然无用。神学家们关于罪恶存在的合理解释从不令我信服，那些解释可能是合理的，而且恰恰因为它们是合理的。这个难倒我们的答案不是以理性秩序，而是以爱的秩序为前提。这个答案充分展现在圣约翰的断言中：上帝即是爱。对于活生生的爱，没有什么是不可能的。

请原谅我提出这样的问题。多少年来，这个问题已经引起大量的评论、争辩、异端、迫害和殉难。但是，正在跟你们说话的毕竟是一个小说家，你们选中的一个小说家，因此，你们肯定或多或少重视他的灵感。他证明：他按照他的信念和希望所写的一切与他的读者所体验的一切没有矛盾，尽管这些读者并不与他分享同一的希望和信念，举个别的例子，我们看到，格雷厄姆·格林的崇拜者中有不可知论者，他们并不因为他的基督教观点而厌弃他。切斯特顿曾经说过，每当基督教中出现某种杰出的东西，在现实中最终也会出现与它相应的某种杰出的东西。如果我们仔细琢磨这一思想，我们或许会理解为什么在如我的朋友格雷厄姆·格林的那些天主教灵感的作品和热爱他的作品、电影的广大非基督教公众之间，存在着这种神秘的一致性。是的，广大的非基督教公众！按照安德烈·马尔罗的说法，"今天，革命起着昔日属于永生的作用。"但是，如果神话恰恰是革命，而永生是唯一的真实，那怎么办呢？

答案无论是什么，我们将一致同意一点：非基督教化的人类仍是一个钉在十字架上的人类，什么世俗力量能摧毁十字架与人类苦难的关联？你们的斯特林堡陷入深渊的底部，从那里，这位诗篇作者发出他的呼喊。甚至他也希望在他的墓上刻上一行短语。这行短语本身就足以摇动和打开永生之门——"O Crux ave spes unica"。在经受了如此深重的苦难之后，甚至他也安息在那种希望的庇护中，那种爱的阴影中。完全是以他的名义，我请求你们原谅我说了这么一些过于私人的话，或许还说得过于阴沉。但是，为了报答你们给予他的荣誉，他不仅向你展示他的心，而且也展示他的灵魂，还能有比这更好的报答吗？因为他已经通过他的人物告诉你们他的苦恼的秘密，他也应该在今晚向你们介绍他的安宁的秘密。

告别演说

蒙哥马利

演说者简介

蒙哥马利（1887~1976），英国陆军元帅。生于伦敦。

1943年底，身为第八集团军司令的蒙哥马利在意大利前线突然接到回国命令，要他准备实施横渡海峡、进军西欧大陆的军事行动。仓促离别之际，他在司令部所在地瓦斯托城的歌剧院举行了告别会，向官兵作了这篇简短的演说。演说质朴无华，真挚动人。

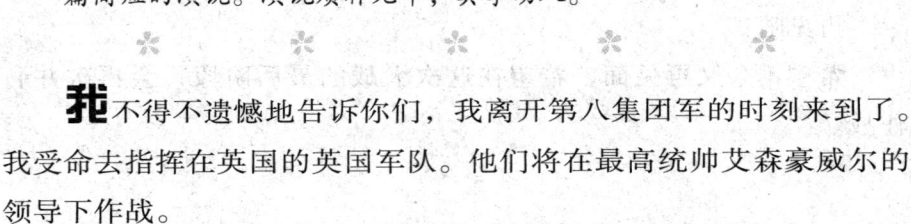

我不得不遗憾地告诉你们，我离开第八集团军的时刻来到了。我受命去指挥在英国的英国军队。他们将在最高统帅艾森豪威尔的领导下作战。

我实在很难把离别之情适当地向你们表达出来。我就要离开曾经和我一起战斗的战友。在艰苦作战与赢得胜利的岁月中，你们忠于职守的勇敢与献身精神，永远令我钦佩。我觉得，在这支伟大的军队中，我有许多朋友。我不知道你们是否会想念我，但我对你们的思念，特别是回忆起那些个人的接触，以及路上相遇时愉快致意的光景，实非言语所能表达。

我们共同作战，从未失败过。我们共同所做的每件事，总是成功的。

我知道，这是由于每个官兵忠于职守、全心全意合作的结果，而不是我一人之力所能做到的。

正因为这样，你们和我彼此建立了信任。司令与他的部队之间的相互信任是无价之宝。

与沙漠空军部队告别，我也依依不舍。在第八集团军整个胜利作战的过程中，这支出色的空中打击力量一直同我们并肩作战。第八集团军的每名士兵引以为荣并承认，这支强有力的空军的支援是取得胜利的极其重要的因素。对于盟国空军，尤其是对于沙漠空军的大力支援，我们将永志不忘。

临别依依，我要向你们说些什么呢？

我激动得说不出话，但我还是同你们说：第八集团军之所以有今天，是你们的功劳，是你们，使得它在全世界家喻户晓。因此，你们一定要维护它的良好名声和它的传统。

请你们以对我一贯的忠诚和献身精神同样地对待我的接任者。

再见吧！

希望不久又再见面，希望在这次大战的最后阶段，会再次并肩作战。

幸福的父母往往会有最优秀的子女

马卡连柯

演说者简介

马卡连柯（1888～1939），苏联教育家和作家。曾担任高级小学校长，1920年起积极从事流浪儿童和少年违法者的教育改造工作。他认为，苏维埃的学校应培养出一大批有政治觉悟、有高度责任感和荣誉感、遵守纪律、朝气蓬勃的社会主义社会的成员。他还认为，有效的良好的教育，必须通过集体、结合劳动进行。而每个家庭也是某种意义上的集体，所以父母对子女的影响是很大的。主要著作有：《父母必读》、《儿童教育演讲集》、《教育诗》等。

本篇是马卡连柯于1938年7月在《社会活动家》杂志的讲话。他抓住人们望子成龙的心态，提出正确的教育观点。整篇演讲深入浅出，通俗生动地阐述了复杂的教育理论。

每一个人都要说：我要我的儿子成为一个能够立功的人，成为一个心地好的、热情的、有希望和有志气的真正的人，同时我要他不至成为能把一切都花光的废物，因为，您看，这种好心地会使他成了一个穷光蛋，使老婆、孩子也陷入穷困的状态，而且由于这种善良甚至也会丧失精神上的财富。

我们的伟大的无产阶级革命所赢得的、年年都在增长着的那种人类的幸福应该属于所有的人，我呢——作为一个个别的人——也有权利来享受这种幸福。我想成为一个英雄，我想立功，我想给国家和社会以更多的贡献，同时，我也想成为一个幸福的人。我们的孩子也应该是这样的。必要的时候，他们应该毫不犹疑，毫无盘算，幸福也好，悲哀也好，不去斤斤计较地把自己贡献出来，而从另一方面来说呢，他们应该成为幸福的人。

可惜，我还没有做完全的检查，但是，我已经看到，幸福的父母往往会有最优秀的子女。而所谓幸福的父母，并不等于说他们的住宅有煤气装置，有澡盆，有一切舒适的设备。完全不是这样的。我看见许多人的住宅有五个房间，有煤气设备、有热水、冷水，此外还有两名家庭女工，可是孩子们并不好。有的妻子走掉了，有的丈夫走掉了，有的不好好上班，有的想要第六个房间或者另要一座别墅了。我也看到许多幸福的人，他们在许许多多方面都感到缺乏。我在我本人的生活当中就有这样的情况，然而，我是一个非常幸福的人，我的幸福是不依赖任何一种物质福利的。请回忆一下你们自己的最美妙的时代罢，那时候好像不是缺这个，就是少那个，可是在心灵里有一致的精神力量，可以放心前进。

　　这种纯粹的幸福的全部可能性，它的必要性、义务性是由我们的革命所赢得的，是由苏维埃制度保证的。我们的人的幸福在于我国人民的团结一致，在于对党和伟大的斯大林的信任。应该成为一个诚实的、在自己的思想和行为当中具有党性的人，因为，幸福的必不可少的条件就是信念，就是正确地生活下去，就是并不在暗地里隐藏着卑鄙、懦弱、狡猾、陷害以及任何一种其他的败行。这种光明磊落的、诚实的人的幸福不但给本人带来极大的好处，而且首先给自己的儿女带来极大的好处。因此，请允许我对你们这样说：为了有优秀的儿女起见，你们都要成为幸福的人。鞠躬尽瘁，使用你们全部的天才、全部的能力，带动你们的朋友、熟人，都成为具有真正的人类幸福的人。可是，往往也有这样的事情，一个人打算获得幸福，于是就抓住了几块石头，将来用它们来建立幸福。我自己有一回也犯了这样的错误。在我看来，假如我一抓住这个东西的话，这当然还不是幸福，而是在以后，要在这个东西上面求得幸福。完全不是这么回事。这些作为地基用的石头，这些为了以后在它们上面盖成幸福的宫殿的石头，后来却往往砸破了人的头脑，造成了纯粹的灾难。

这一点是不难想象的，那就是说，有些幸福的父母，他们是由于自己的社会活动、自己的文化、自己的生活而感到幸福的，他们也善于支配这种幸福，——这些父母经常会有优秀的子女，他们经常能正确地教育子女。

这个定义的要点就在这里，关于这个定义，我在一开始的时候就提到了：在我们的教育活动当中是应该有一个中庸之道的。中庸是介于我们的重大的、献身于社会的工作与我们从社会取得的幸福之间的。不管你们采用哪一类家庭教育方法，你们都需要找到一个尺度，因此，也就需要在自己的身上培养分寸感。

拿最困难的一个问题（在我看来，这是人们的一个最困难的问题）来说罢——这就是关于纪律的问题。严厉和慈爱——这是一个最难解决的问题。

可是，在大多数的场合，人们不善于给慈爱和严厉制定标准，而在教育上，这种本领是完全必要的。最常引人注意的是人们虽然在解决这些问题，可是他们心里却在想：不错，严厉是应当有标准的，慈爱是应当有标准的，不过，这是孩子长大到六岁的时候才需要的，六岁以前是可以不要什么标准的。事实上，主要的教育基础是在五岁以前奠定的，还有，你们在五岁以前所做的一切，等于整个教育过程里的百分之九十的工作，以后，一个人的教育还在继续进行，一个人的锻炼也还在继续进行，不过，一般说过，你们却开始尝到了果实，至于你们所照料的那些花朵，却在五岁以前就开过了。

因此，在五岁以前，有关严厉与慈爱的尺度的问题是最重要的一个问题。人们往往过分地让一个孩子去耍脾气，让他整天叫喊，完全不让他哭泣。另一个孩子乱忙乱闹，把一切都抓在手里，这个也问问，那个也问问，没有一分钟的安静。第三个完全唯命是从，像一个玩偶似的，不过，在我们这里，这种情况是很少见的。

你们都可以在所有的这三种情况当中看到严厉和慈爱的缺乏标准。自然，在五岁、六岁以至七岁的时候，这个标准，这个黄金一般的中庸，某种介于严厉和慈爱之间的和谐，永远是应该具备的。

有人在这一点上反驳我说：您谈的是严厉的尺度，然而，教育孩子是可以不要任何一种的严厉的。假如你理智地、慈爱地去处理一切，那么，您一辈子也用不着去严厉地对待孩子的。

我认为严厉并不是什么愤怒，也不是什么歇斯底里的叫喊。完全不是这样的。严厉这个东西只有当它并不具有歇斯底里的任何特征的时候才是有效的。

我在自己的实践当中学会了怎样在非常慈爱的口吻中保持严厉。这能够十分温和、慈爱而又冷静地说出一些话，但是我的学生们会由于这些话而变得脸色苍白起来。严厉不一定是以大嚷大叫为前提的。这是多余的。你们的镇静、你们的信念、你们的坚决的意志，即使你们表现得很慈爱，同样会造成强烈的印象。"出去"——这会造成这种印象，如果说"请你离开这里"——也同样是造成那种印象，或许，甚至会造成格外强烈一些的印象。

第一条规则就是，要特别在你们过问孩子生活的程度这一问题上有某种标准的规则。这是一个异常重要的问题，它在家庭里面往往解决得不很正确。

独立性的成分应该有多么大，要给孩子什么样的自由，在哪一种程度上需要"手把着手指导"，在哪一种程度上需要他自己来加以解决，禁止什么，什么应该取决于他本人的意志？

孩子走到街上去了。你们高声大叫：别往那里跑，别往这里走。这在哪一程度上才算是正确的呢？如果你们想到的只是对于孩子的无限的自由，那么，这是有害的。可是，假如孩子应该什么都问，应该永远到你们那里来，经常由你们去决定并且按照你们所说的那样去行动，那么，孩子就没有发挥自己的主动性、机动性和从事个人冒险的任何余地了。这也是要不得的。

　　我谈到了"冒险"这两个字。孩子在六至七岁的时候已经应该在他自己的行为当中冒一冒险了，你们应该看着他冒险，应该在一定的程度上允许他去冒险，以便使孩子成为一个勇敢的人，以便使孩子不要完全由于你们的责任心的影响而形成这样的性格：妈妈说过了，爸爸也说过了，他们什么都知道，一切应该由他们来决定，我将要按照他们所说的那样去做。你们的那种最大限度的过问，会使儿子不能长大成为一个真正的人。他有时长大成为一个毫无主见的、既不能作出任何的决定、又不能作任何的冒险和勇敢行为的人，而有时候适得其反，他服从，在某种程度上服从于你们的压力，然而，奔腾着的、要求出路的力量有时爆发起来，结果演成家庭的乱事："本来是一个好孩子，结果却成了这么一副样子。"事实上，当他服从、听话的时候，他一直是在变成这副样子的，不过是自然所赋予他的、随着成长和学习而发展着的那种力量产生了它的行动罢了，起初，他秘密地进行反抗，而以后是公然反抗而已。

　　往往也有另一种极端，这也是屡见不鲜的，就是人们认为孩子应当表现出全部的主动性，应当为所欲为，至于孩子们究竟在怎样地生活，他们正在干些什么，人们却完全不去注意，这样，孩子们就习惯于毫无拘束的生活、思维和作决定了。许多人这样想，在这种场合，在孩子身上是培养着坚强的意志的。其实不是这样。在这种场合并没有培养任何意志，因为真正的坚强的意志绝不是一种想什么就获得什么的那种本事。坚强的意志——这不但是想什么就获得什么的那种本事，也是迫使自己在必要的时候放弃什么的那种本事。意志——这不单纯是欲望和欲望的满足。同时也是欲望和制止，欲望和放弃。假如你们的孩子仅仅受到实现自己的愿望的训练而没有受到克制那种愿望的训练，他是不会有最大的意志的。没有制动器就不可能有汽车，而没有克制也不可能有任何的意志。

我的公社社员们对于这样的一个问题一向是非常熟悉的："你为什么不克制你自己，你已经知道，这里需要抑制。"我问他们。而在同时要求："你为什么不放心，你为什么拿不定主意，等我来告诉你吗？"同样是有错误的。在孩子身上需要培植制止和抑制自己的能力。这自然不是那么简单的事。我将要在自己的书里详细地谈谈这个问题。

　　此外，还需要培养一种十分重要的能力，这种能力培养起来并不十分困难：这就是判断的能力。它常常表现在一些小事小节上。你们要从你们孩子的幼年时代就注意他怎样辨别事物、他说些什么话。这时候，如果来了一个外人，也许不完全是一个外人，而是你们的社会和你们家庭的附加的分子，如访问者，客人，姨妈或者祖母，孩子们就应该懂得什么话需要说，什么话这时候不需要说（例如在上岁数的人的面前不需要说老年的事情，因为他们不喜欢听这种话；一开始的时候听人讲话，后来自己说，等等）。儿子对于他们所处的情况的感觉能力，对所处时间的感觉能力——这种能力是极其需要培养的，也是不难加以培养的。只要在两三件事情上充分地注意一下，再跟儿女谈一谈，你们的推动就会产生良好的影响。判断能力对于周围的人来说、对于掌握和精通它的人来说是非常有益的、令人愉快的。

要为自由而战斗

卓别林

演说者简介

　　卓别林（1889～1977），美国喜剧电影艺术大师。他一生主演过 80 多部影片，大部分作品自编、自导、自演，其中《淘金记》、《都市之光》、《大独裁者》等均享誉世界。

本篇是他为《大独裁者》写的演说词，是投向法西斯独裁者的利剑。它道出了一切热爱自由的人们的心声："只要我们不怕死，自由是永远不会消失的。"通篇演说气势雄伟，说理透彻，文辞优美，不但给人力量和希望，而且给人艺术的享受。

遗憾得很，我并不想当皇帝，那不是我干的行当。我既不想统治任何人，也不想征服任何人。如果可能的话，我倒挺想帮助所有的人，不论是犹太人还是非犹太人，是黑种人还是白种人。

我们都要互相帮助。做人就是应当如此。我们要把生活建筑在别人的幸福上，而不是建筑在别人的痛苦上。我们不要彼此仇恨、互相鄙视。这个世界上有足够的地方让所有的人生活。大地是富饶的，是可以使每一个人都丰衣足食的。

生活的道路可以是自由的，美丽的，只可惜我们迷失了方向。贪婪毒化了人的灵魂，在全世界筑起仇恨的壁垒，强迫我们踏着正步走向苦难，进行屠杀。我们发展了速度，但是我们隔离了自己。机器是应当创造财富的，但它们反而给我们带来了穷困。我们有了知识，反而看破了一切；我们学得聪明乖巧了，反而变得冷酷无情了。我们头脑用得太多了，感情用得太少了。

我们更需要的不是机器，而是人性。我们更需要的不是聪明乖巧，而是仁慈温情。缺少了这些东西，人生就会变得凶暴、一切也都完了。

飞机和无线电缩短了我们之间的距离。这些东西的性质，本身就是为了要发挥人类的优良品质：要求全世界的人彼此友爱，要求我们大家互相团结。

现在世界上就有千百万人听到我的声音——千百万失望的男人、女人、小孩——他们都是一个制度下的受害者，这个制度使人们受尽折磨，把无辜者投入监狱。我要向那些听得见我讲话的人说："不要绝望呀。"我们现在受到苦难，这只是因为那些害怕人类进步的人在即将消逝之前发泄他们的怨毒，满足他们的贪婪。这些人的仇恨会消逝的，独裁者会死亡的，他们从人民那里夺去的权力会重新回到人民手中的。只要我们不怕死，自由是永远不会消失的。

战士们！你们别为那些野兽去卖命呀——他们鄙视你们——奴役你们——他们统治你们——吩咐你们应当做什么——应当想什么，应当怀抱什么样的感情！他们强迫你们去操练——限定你们的伙食——把你们当牲口，用你们当炮灰。你们别去受这些丧失了理性的人摆布了——他们都是一伙机器人，长的是机器人的脑袋，有的是机器人的心肝！可是你们不是机器！你们是人！你们心里有着人类的爱！不要仇恨呀！只有那些得不到爱护的人才仇恨——那些得不到爱护和丧失了理性的人才仇恨！

战士们！不要为奴役而战斗！要为自由而战斗！《路加福音》第十七章里写着，神的国就在人的心里——不是在一个人或者一群人的心里，而是在所有人的心里！在你们的心里！你们人民有力量——有创造机器的力量。有创造幸福的力量！你们人民有力量建立起自由美好的生活——使生活富有意义。那么——为了民主——就让我们使出那力量来吧——就让我们团结在一起吧。就让我们进行战斗，建设一个新的世界——一个美好的世界，它将使每一个人都有工作的机会——它将使青年人都有光明的前途，老年人都过安定的生活。

那些野兽也就是用这些诺言窃取了权力。但是，他们是说谎！他们从来不去履行他们的诺言。他们永远不会履行他们的诺言！独裁者自己享有自由，但是他们使人民沦为奴隶。现在，就让我们进行斗争，为了解放全世界，为了消除国家的壁垒，为了消除贪婪、仇恨、顽固；让我们进行斗争，为了建立一个理智的世界——在那个世界上，科学与进步将使我们所有的人获得幸福。战士们，为了民主，让我们团结在一起！哈娜，你听见我在说什么吗？不管这会儿在哪里，你抬起头来看呀！抬起头来看呀，哈娜！乌云正在消散！阳光照射出来！我们正在离开黑暗，进入光明！我们正在进入一个新的世界——一个更可爱的世界，那里的人将克服他们的贪婪，他们的仇恨，他们的残忍。抬起头来看呀，哈娜！人的灵魂已经长了翅膀，他们终于要振翅飞翔了。他们飞到了虹霓里——飞到了希望的光辉里。抬起头来看呀，哈娜！抬起头来看呀！

未来将属于自由的人民

艾森豪威尔

演说者简介

艾森豪威尔（1890～1969），1915年毕业于美国西点军校。1942年任欧洲战区司令官，后升为盟军最高司令。1945年领导盟军战胜德国。1952年当选美国总统，1956年连任。这篇演讲是艾森豪威尔的首任总统就职演说。

※　　　※　　　※　　　※　　　※

朋友们，在开始表达我认为与此刻相适宜的想法之前，请允许我荣幸地念一小段个人的祷词。请各位低下头：全能的主啊，当我们现在站在这里时，我和那些今后将在政府行政部工作的同事一起祈求，您将使我们十全十美地做出奉献，为在场各位及四面八方的同胞服务：

我们祈求您赐予我们明辨是非的能力，以使我们的言行受到指导和受到这块土地上的法律的制约。我们还特别祈求您使我们关怀所有的人，而不论其地位、种族和职业。

在宪法概念制约下，愿持有不同政治信仰的人能进行合作，并以此作为共同的目标；这样，所有的人就都能为我们挚爱的国家和您的荣耀而工作。阿门。

公民们，世界和我们都已经度过了这不断提出挑战的半个世纪。我们深感到，善和恶两种势力正以历史上罕见的规模聚集起来，武装起来，对立起来。

这个事实阐明了今天的意义。这个光荣而历史性的典礼使我们汇聚一堂，不仅仅是为了亲眼目睹一个个公民在上帝面前宣誓就职。我们是作为一个民族被召集起来，并在全世界面前证明我们的信念——未来将属于自由的人民。

自本世纪初以来，各大陆似乎都已进入一个动荡的年代，亚洲民族已经觉醒，挣脱了旧时的枷锁。欧洲各大国进行过最为残酷的战争。帝位倾覆，庞大的帝国消失了。新国家纷纷诞生。

对我们自己的国家来说，这是一个反复经受考验的时期。我们的力量增强了，责任加重了。我们经受了萧条和战争带来的焦虑，经受了史无前例的巨大痛苦。为确保世界和平，我们不得不在阿尔贡的森林里，在硫黄岛海滩上，在朝鲜寒冷的山峰上作战。

在这些接踵而至的重大事件中，我们发现自己正在摸索着去认识我们所处时代的全部意义。我们在寻求理解时祈求上帝的指引。我们运用全部历史知识，我们审视未来的一切征兆。我们以全部的智慧和意志来面对如下问题：在人类从黑暗走向光明的漫长历程中，我们已走了多远，我们是否正在接近光明，接近全人类享有自由与和平的一天？还是说，另一个黑夜的阴影正向着我们逼近？尽管我们全神贯注的国内事务关系重大，尽管我们所牵挂的事务深深地影响着我们今天的生活和对未来的憧憬，但同上面这些涉及全人类的问题相比，各种国内问题都略逊一筹，甚至往往是由此而引起的。

这个考验降临之时，亦是人类扬善抑恶的力量能使我们实现任何时代中最光明的希望和战胜最强烈的恐惧之时。我们能使河流改道，高山夷为平地。海洋、陆地和太空都成了我们进行大规模贸易的通道。疾病减少了，人类的寿命延长了。

但是，正是使这种生活前景成为可能的人类才华又使它陷于危境，各国都在积聚财富。劳动和汗水不仅创造和生产铲平高山的工具，而且创造和生产出夷平城市的装备。科学似乎准备把能从地球上毁灭人类的力量作为最后的礼物赐给我们，在这一历史时刻，我们自由的人们必须重申我们的信念。这一信念是我们的先辈奉行的信念，是在永恒的道德法则和自然法则制约下，关于人类尊严永远不灭的信念，这一信念阐明了我们对生活的完整看法。它无可争辩地确认了上帝赐予的礼物，即人类有着不可剥夺的权利，所有的人在上帝面前一律平等。我们懂得，根据这一平等原则，热爱真理，以工作为荣，忠于祖国，乃是自由的人们最为珍视的美德，在最卑贱和最高尚的人的生活中，这些美德同样是宝贵的财富，采煤工、锅炉工、管账员、车工、棉农、医生，以及种玉米的农夫，他们和签条约的政治家和制定法律的议员一样，都同样自豪地、卓有成效地为美国服务。这一信念支配着我们的全部生活方式，根据这个信念，我们人民推选领袖并不是让他们来统治，而是要他们来服务。

这一信念宣布，我们有选择自己工作的权利和获得自己劳动报酬的权利。它激励着我们的首创精神，使我们的生产力成为世界奇迹。它还告诫人们，谁企图否认同胞之间的平等，谁就背叛了自由的精神，谁就会被嘲为暴君。

正因为我们所有的人，坚持这样的原则，这个时代所实现的政治变革才不至意味着骚乱、动荡或混乱。相反，这种变革表明，我们决心更要献身于和忠于立国文献的教诲，并自觉地恢复对我们祖国的信心和对上帝监护的信心。在反对这一信念的敌人们心中没有上帝，只有武力，没有忠诚，只有利用忠诚。他们教唆人们背叛。他们以别人的饥饿作为教唆的资本。他们曲解任何向他们挑战的信念，特别是歪曲真理。

因此，这里涉及的不是观点稍有不同的哲学之争。这一争论直接牵涉到我们祖先的信念和子孙后代的生活。我们所持的任何原则和我们拥有的任何财富，从自由学校和自由教会提供的精神知识，到自由劳动和自由资本的创造魔力，无一能安然居于这场斗争之外。

这是自由与奴役的斗争，光明与黑暗的斗争。

我们秉持的信念不仅属于我们，而且属于全世界爱好自由的人民。这一共同的纽带把缅甸的种稻人和衣何华的种麦人联系在一起，把意大利南部的牧羊人和安第斯山脉的山地人联系在一起。它把共同的尊严授予在印度战死的法国士兵，授予在马来西亚阵亡的英国士兵，授予在朝鲜捐躯的美国人。

此外，我们还认识到，把我们同所有自由民族联系在一起的不仅是一种崇高思想，而且还有一种简单的需要。任何自由民族，如果经济上与世隔绝，都不能长期保有特惠或享受安全。即使我国物力雄厚，我们仍然需要世界市场来销售农场和工厂的剩余产品。同样，为了这些农场和工厂，我们也需要遥远国家的重要原料和产品。这一相互依存的基本法则在和平时期的贸易中是显而易见的，在战争时期则更是千百倍地运用。

因此，需要和信念使我们相信，对所有自由民族来说，团结就是力量，不和意味着危险。为了形成这种团结，为了应付我们这个时代的挑战，命运已经把领导自由世界的责任托付给我国。

谁说败局已定

戴高乐

演说者简介

戴高乐（1890～1970），法兰西第五共和国总统。法国现代史上著名的反法西斯和维护法兰西民族独立的战士。执政期间，积极维护法国的独立自主，并在西方国家中，率先与中国建立了外交关系。

戴高乐是著名的演说家，演讲技巧高超，善于随机应变。本篇演讲是他的杰作之一。演讲言简意明，充满爱国主义的激情，对法国抵抗运动取得胜利有重要意义。

※　　※　　※　　※

那些多年身居军界要职的将领们已经组成了一个政府。这个政府以我们的军队吃了败仗为由，同敌人接触，意在谋取停战。

毫无疑问，我们确是吃了败仗，我们陷入敌人陆、空军的机械化部队的围困之中。我们之所以受挫，不仅是因德军人数众多，更重要的是他们的飞机、坦克和战略。正是德军的坦克、飞机和战略使我们的将领们不知所措，置他们于今天的境地。

但是难道已一锤定音，胜利无望，败局已定吗？不，绝不如此！

请相信我，因为我对自己说的话胸有成竹。我告诉你们，法兰西并没有失败。我们完全可以以其人之道还治其人之身，并有朝一日扭转乾坤，取得胜利。

因为法兰西并不孤立，她不是在孤军作战！她绝不孤立！她有一个幅员辽阔的帝国作后盾。她可以同控制着海域并继续与战斗着的不列颠帝国结盟。同英国一样，她可以得到美国雄厚工业力量的取之不尽、用之不竭的资源。

这场战争不仅限于在我们这块不幸的土地上，战争的胜败不取决于法国战场的局势。这是一场世界大战。所有的过失、延误和磨难都不会改变一个事实，即世界上仍有种种锦囊妙计，能够最终置我们的敌人于死地。我们今天虽然受挫于机械化部队，将来，我们却可用更高级的机械化部队制胜。世界的命运正系于此。

我，戴高乐将军，现在在伦敦向法国的官兵发出请求，不管你们现在还是将来踏上英国的国土，不管是否持有武器，都同我联系。我请求具有制造武器技能的工程师和技术工人，不管你们现在或是将来踏上英国的国土，都和我联系。

不管风云如何变幻，法兰西的抗战烽火都不会被扑灭，法兰西的抗战烽火也绝不可能被扑灭。

明天，我还会像今天一样继续在伦敦发表广播演讲。

作家和战争

海明威

演说者简介

海明威（1899～1961），美国作家，出身于乡村医生家庭。

本篇是海明威在第二次美国作家大会上的讲话。当时正值西班牙内战期间，海明威以北美报业联盟记者的身份去报道战事。作家在演说中认为，作家描述战争，任务只有一个，那就是写得真实，并号召作家为追求真理去描写战争的真实。

作家的任务是不会改变的。作家本身可以发生变化，但他的任务始终只有一个。那就是写得真实，并在理解真理何在的前提下把真理表现出来，并且使之作为他自身经验的一部分深入读者的意识。

没有比这更困难的事情了，正因如此，所以无论早晚，作家总会得到极大的奖赏。如果奖赏来得太快，这常常会毁掉一个作家。如果奖赏迟迟不至，这也常常会使作家愤懑。有时奖赏直到作家去世后才来，这时对作家来说，一切都已无所谓了。正因为创作真实、永恒的作品是这么困难，所以一个真正的优秀作家迟早都会得到承认。只有浪漫主义者才会认为世界上有所谓"无名大师"。

一个真正的作家在他可以忍受的任何一种现有统治形式下，几乎都能得到承认。只有一种政治制度不会产生优秀作家，这种制度就是法西斯主义。

　　因为法西斯主义就是强盗们所说出的谎言。一个不愿意撒谎的作家是不可能在这种制度下生活和工作的。

　　法西斯主义是谎言，因此它在文学上必然是不育的。就是到它灭亡时，除了血腥屠杀史，也不会有历史。而这部血腥屠杀史现在就已尽人皆知，并为我们中的一些人在最近几个月所亲眼目睹。

　　一个作家如果知道发生战争的原因，以及战争是如何进行的，他对战争就会习惯。这是一个重要发现。一想到自己对战争已经习惯了，你简直会感到吃惊。

　　当你每天都在前线，并且看到阵地战、运动战、冲锋和反攻，如果你知道人们为何而战，知道他们战得有理，无论我们有多少人为此牺牲和负伤，这一切就都有意义。

　　当人们为把祖国从外国侵略者手中解放出来而战，当这些人是你的朋友，新朋友，老朋友，而你知道他们如何受到进攻，如何一开始几乎是手无寸铁地起来斗争的，那么，当你看到他们的生活、斗争和死亡时，你就会开始懂得，有比战争更坏的东西。胆怯就更坏，背叛就更坏，自私自利就更坏。

　　在马德里，上个月我们这些战地记者一连十九天目睹了大屠杀。那是德国炮兵干的，那是一场精心策划的屠杀。

　　我说过，对战争是会习惯的。如果对战争科学真正感兴趣（而这是一门伟大的科学），对人们在危急时刻如何表现的问题真正感兴趣，那么，这会使人专心致志，以至于考虑一下个人的命运就会像是一种卑鄙的自爱。但是，对屠杀是无法习惯的。而我们在马德里整整目睹了十九天的大屠杀。

　　法西斯国家是相信总体战的。每当他们在战场上遭到一次打击，他们就将自己的失败发泄在和平居民身上。在这场战争中，从1937年11月中旬起，他们在西部公园受到打击，在帕尔多受到打击、在卡拉班切尔受到打击，在哈拉玛受到打击，在布里韦加城下和科尔多瓦城下受到打击。每一次在战场遭到失败之后，他们以屠杀和平居民来挽回不知由何说起的自己的荣誉。

我开始描述这一切，很可能只会引起你们的厌恶。我也许会唤起你们的仇恨。但是，我们现在需要的不是这个。我们需要的是充分理解法西斯主义的罪恶和如何同它进行斗争。我们应该知道，这些屠杀，只是一个强盗、一个危险的强盗——法西斯主义所作的一些姿态。要征服这个强盗，只能用一个方法，就是给它以迎头痛击。现在在西班牙，正给这个法西斯强盗以痛击，像一百三十年以前在这个半岛上痛击拿破仑一样。法西斯国家知道这一点，并且决心蛮干到底。意大利知道，它的士兵们不愿意到国外去作战，他们尽管有精良的装备，却不能同西班牙人民军相比，更不能同国际纵队的战士们相比。

德国认识到，它不能指望意大利，在任何一场进攻战中不能依赖这个盟国。不久前我读到，布龙贝尔克参加了巴多略元帅为他举行的声势浩大的演习。但是，在远离任何敌人的威尼斯平原演习是一回事，在布里韦加和特里乌埃戈依之间的高原上，同第十一和十二国际纵队以及里斯特、康佩希诺和麦尔的西班牙精锐部队作战中遭到反攻并损失三个师，那就是另一回事了。轰炸阿尔美利亚和占领被出卖的不设防的马拉加是一回事，在科尔多瓦城下死伤七千和在马德里的失败的进攻中死伤三万人则又完全是另一回事。

我开始时说过要写得好而真实是多么困难，说过能够达到这种技巧的人都一定会得到奖赏。但是，在战时（而我们现在，正不由自主地处于战争时期），奖赏是要推迟到将来的。描写战争的真实是有很大危险的，而探索到真实也是有很大危险的。我不确切知道美国作家中有谁到西班牙寻求真实去了。我认识林肯营的很多战士。但是，他们不是作家。他们只会写信。很多英国作家、德国作家到西班牙去了，还有很多法国作家和荷兰作家。当一个人到前线来寻求真实时，他是可能不幸找到死亡的。如果去的是十二个人，回来的只是两个人，但是，这两个人带回来的真实，却将实实在在是真实，而不是被我们当作历史的走了样的传闻。为了找到这个真实，是否值得冒这么大的危险，这要由作家自己决定。当然，坐在学术讨论会上探讨理论问题要安全得多。各种新的异端，各种新的教派，各种令人惊叹的域外学说，各种温良而高深的教师，对那些人来说，总是可以找到的，——他们也似乎信仰某种事业，但却不想为这个事业的利益而奋斗，他们只想争论和坚持自己的阵地，这种阵地是巧妙地选择的，是可以平平安安占据的。这是由打字机支撑并由自来水笔加固的阵地。但是，对于任何一个希望研究战争的作家来说，现在正有，而且在相当长的时期内一直都会有可去的地方。看来，他们还会经历很多不宣而战的年代。作家们可以用不同的方式参加这些战争。以后也许会有奖赏。但是，作家们不必为此而感到不好意思，因为奖赏很久都不会来的。对此也不必特别寄予希望，因为，也可能像福克斯和其他一些作家那样，当领取奖赏的时间到来时，他们已经不在人间了。

让新的亚洲和新的非洲诞生吧！

苏加诺

演说者简介

苏加诺（1901～1970），印度尼西亚民族独立运动领袖，印度尼西来共和国首任总统。

苏加诺任职期间，执行独立自主、反帝反殖外交政策。他是1955年万隆会议主要组织者之一，也是不结盟运动主要发起人之一，为亚非人民的团结反帝事业作出过重大贡献。苏加诺擅长演讲，被称为"演讲台上的雄狮"。他的演说热情洋溢，发挥自如。本篇是他在万隆亚非会议开幕式上的演讲。

在我环顾这个大厅和在此聚会的贵宾的时候，我内心十分感动。这是人类有史以来第一次的有色人种的洲际会议。我对我国能够款待诸位，感到自豪；我对诸位能够接受五个发起国家的邀请，感到高兴。然而，当我回想起我们许多国家的人民最近经历的苦难的时候，我不由得感到悲伤。这些苦难使我们在生命、物质和精神方面都付出沉重的代价。

我认识到：我们今天在这里聚会，是我们的祖先、我们自己一代和年纪更轻的人牺牲的结果。在我看来，这个大厅不仅容纳了亚洲和非洲国家的领袖们，而且容纳了先我们而去的人们不屈不挠的不可战胜的不朽精神。他们的斗争和牺牲为世界上最大两洲的独立主权国家的最高级代表的这个集会开辟了道路。

亚非两洲各国人民的领袖能在他们自己的国家内聚集一堂讨论和商议共同有关的事项，这是世界历史上的新的起点。不过在几十年前，我们各国人民的代表往往不得不到其他国家甚至别的洲去，才能聚会。

今天，对比很鲜明。我们各个民族和国家不再是殖民地了。现在，我们已经取得自由、主权和独立。我们重新当家作主。我们不再需要到别的洲去开会了。

在亚洲土地上，已经举行了几次亚洲国家的重要会议。

如果我们寻找我们这次伟大的集会的先驱者，那么我们必须望着科伦坡——独立的锡兰的首都——和1954年在那里举行的五国总理会议。而1954年12月的茂物会议表明，走向亚非团结的道路已经扫清了，今天我荣幸地欢迎各位来参加的会议就是这种团结的实现。

你们并不是在一个和平、团结和合作的世界中齐集一堂的。在国与国之间、国家集团与国家集团之间，存在着巨大的裂痕。我们的不幸的世界支离破碎，受着折磨，所有国家的人民都怀着恐惧的心情，担心尽管他们没有过错而战争的恶犬仍会再一次被放出笼来。

如果尽管各国人民作了一切努力，竟仍然发生这种情形，那时将会怎样呢？我们的新近恢复的独立将会怎样呢？我们的子女和父母将会怎样呢？出席这次会议的代表们的责任是不轻的，因为我知道，这些关系人类本身生死存亡的问题一定会放在你们的心上，正像它们放在我的心上一样，而亚洲和非洲国家是无法逃避它们对于寻求这些问题的解决办法所负的责任的，即使它们想逃避也做不到。因为这是独立本身的责任的一部分。这是我们为我们的独立而愉快地付出的代价的一部分。

许多代以来，我们这些国家的人民一直是世界上无声无息的人民。我们一直不被人注意，一直由那些把自己的利益看得高于一切的别的国家代为作出决定，一直生活在贫困和耻辱中。于是我们各个民族要求独立，并且为独立而战，最后终于获得了独立。随着独立的获得，就担负了责任。我们对我们自己，对世界和对那些还未出生的后代负有沉重的责任。但我们并不因负有这些责任而懊悔。

今天在这个会议厅里聚集的，就是那些国家的人民的领袖。他们已经不再是殖民主义的受害者了。他们已经不再是别人的工具和他们不能影响的势力的玩物了。今天，你们是自由的人民、在世界上有着不同的身份和地位的人民的代表。

是的，"亚洲有风暴"，非洲也是如此。在过去几年中发生了巨大的变化。许多民族和国家从许多世纪的沉睡状态中苏醒过来了。被动的人民已经过去了，表面的平静已让位给斗争和活动。不可抗拒的力量横扫了两个大陆。整个世界的心理的、精神的和政治的面貌已经改变了，这种改变的进程还没有完结。世界上到处产生新的情况、新的概念、新的问题、新的理想。

民族觉醒和复苏的狂风横扫了大地，震撼它，改变它，把它改变得更好。

我们属于许多不同的国家，我们有许多不同的社会背景和文化条件。我们的生活方式是不同的，我们的民族特性、色彩或主旨——你们愿意怎样称呼它都可以——是不同的，我们的种族是不同的，甚至我们的肤色也是不同的。但是这有什么关系呢？人类是由于这些东西以外的考虑而分裂或团结的。冲突并不起于肤色的不同，也不起于宗教的不同，而起于欲望的不同。

我深信，我们大家是由比表面上使我们分裂的东西更为重要的东西联合起来的。例如，我们是由我们对不论以什么形式出现的殖民主义的共同厌恶联合起来的。我们是由对种族主义的共同厌恶联合起来的。我们是由维护和稳定世界和平的共同决心联合起来的。这些不就是你们接受的邀请书中提到的那些目的吗？

我坦白地承认，对于这些目的，我不是漠不关心的，也不是为纯粹和个人无关的动机所驱使的。

怎么可能对殖民主义漠不关心呢？对于我们来说，殖民主义并不是什么很遥远的东西。我们知道它的全部残酷性。我们曾看到它对人类造成的巨大破坏，它所造成的贫困，以及它终于无可奈何地在历史的不可避免的前进下被赶出去时所留下的遗迹。我国人民和亚非两洲许多国家的人民都知道这些事情，因为我们曾亲历其境。

的确，我们还不能说，我们这些国家的全部地区都已经自由了。有些地区也仍然在皮鞭下受苦，没有派代表到这里来的亚非两洲某些地区仍然在这种情况下受难。

是的，我们这些国家的某些地区现在还不是自由的。这就是为什么我们大家还不能认为现在已经达到目的地的原因。只要祖国的一部分还不是自由的，任何民族都不能认为他们是自由的。像和平一样，自由是不可分割的。

半自由的事情是不存在的，正如半生半死的事情不存在一样。

我们时常听说，"殖民主义已经死亡了。"我们不要为这种话所欺骗或甚至为这种话所麻痹。我告诉你们，殖民主义并没有死亡。只要亚非两洲的广大地区还不自由，我们怎么能说它已经死亡了呢？

我请你们不要仅仅想到我们印度尼西亚人和我们在亚非两洲各个地区的弟兄们所知道的那种古典的殖民主义。殖民主义也有它的现代化的外衣，它可以表现为由一个国家之内的一个小小的然而是外国的集团进行经济控制、思想控制、实际的物质上的控制。它是一个狡猾的、坚决的敌人，它以各种各样的伪装出现。它不轻易放弃它的赃物。不管殖民主义在何地、何时、如何出现，它总归是一个邪恶的东西，一个必须从世界上铲除的东西。

所以，在我谈到反殖民斗争的时候，我并不是超然的。

在我谈到争取和平的斗争的时候，我也不是超然的。我们中间谁又能对和平采取超然态度呢？

就在很久以前，我们提出理由说，和平对我们是必要的，因为要是在世界上我们所在的这个地区爆发战争的话，那就会危及我们不久以前以十分重大代价赢得的宝贵的独立。

今天，景象更黑暗了、战争不仅意味着对我们的独立的威胁，还可能意味着文明、甚至是人类生命的毁灭。在世界上有这么一种已经解放出来的力量、没有人真正知道它有多么大的造成恶果的潜力。哪怕是在战争的演习和预演中，它的影响就很可能扩大成为某种不测的恐怖。没有比维护和平更迫切的任务了。没有和平，我们的独立就没有什么意义，我们国家的复兴和建设也就没有什么意义，我们的革命就无法进行到底。

　　那么我们能做些什么呢？亚非人民所拥有的物质力量是很小的，就连他们的经济力量也是分散而薄弱的。我们不能迷恋强权政治。外交对我们说来也不是一件挥舞大棒的事情。我们的政治家大体上都不是有密集的喷气轰炸机队伍做后盾的。那么，我们能做些什么呢？我们能做许多事情。我们能把理智的声音贯注到世界事务中。我们能够动员亚非两洲的一切精神力量、一切道义力量和一切政治力量来站在和平的一边。是的，我们！我们亚非两洲有14亿人民，远超出世界总人口的一半。我们能够动员我称之为各国的道义暴力来拥护和平。我们能够向住在其他各洲的世界上的少数派表明，我们多数人是要和平而不要战争的。并且表明，我们所拥有的一切力量总是要投到和平方面的。

　　这个斗争已经取得了一定胜利。我想大家都承认，邀请诸位到这里来的发起国的总理们的活动在结束印度支那战事方面，发挥了不是不重要的作用。

　　我的兄弟姊妹们，这是一件有历史意义的事件。自由亚洲的某些国家发言，世界各国倾听。它们所谈论的是同亚洲有直接关系的问题。它们这样做就表明，亚洲的事务是亚洲人民自己的事。亚洲的前途可以由遥远的其他的民族来决定的日子现在早已一去不复返了。但是，我们不能够、也不敢把我们的关心局限于我们自己的大陆的事务。

　　今天，世界各国是互相依赖的。没有一个国家能够自身孤立起来。光荣的孤立也许一度是可能的。但是情况再也不是这样了。全世界的事务也就是我们的事务，我们的将来有赖于一切国际问题——不论这些问题看来可能与我们多么无关——的获得解决。

因此，让这个亚非会议取得伟大成就吧！使"自己活也让别人活"的原则和殊途同归的格言成为团结的力量，使我们团结起来，通过友好的没有拘束的讨论设法使我们每个国家能和平融洽地过自己的生活并让其他国家也能按照它们自己的方式来过活。

如果我们在这方面获得成功，那么这在整个世界对人类自由、独立和幸福的影响将是很大的。谅解的光芒已经再度燃起，合作的支柱已经再度树立。

会议成功的可能性已经由于各位今天来到这里而得到了证实。我们的任务是给予会议以力量，使会议具有鼓舞的力量，把会议的言论散布到全世界。

会议如果失败，那将意味着在东方刚露出的谅解的光芒，过去在这里诞生的所有伟大的宗教所期望的这种光芒，将再一次被不友好的乌云所掩盖，使人们得不到它温暖的照耀。但是让我们充满着希望和信心吧。我们是有着非常多的共同之处的。

我希望，会议将证明这样的事实：我们亚洲和非洲的领袖们都了解到、亚洲和非洲只有团结起来才能得到繁荣，若没有一个团结的亚洲和非洲，甚至全世界的安全也不能得到保证。我希望，这个会议将给人类以指导，指出他们取得安全和和平所必须遵循的道路。我希望，它将证明，亚洲和非洲已经再生了，不，新的亚洲和新的非洲已经诞生了！

我们的任务首先是彼此取得谅解，从谅解中将产生彼此间的更大的尊重，从尊重中将产生集体的行动。我们应当记住亚洲最伟大的儿子之一所讲过的话："说易行难知最难，一旦知后行就易。"

最后，我祈求真主，但愿诸位的讨论有很多收获，但愿诸位的智慧从今日环境的坚硬燧石上击出光明的火花来。

让我们不记旧怨，让我们的目光坚定地注视未来。让我们记住，真主的任何祝福也不如生命和自由甘美。让我们记住，只要是有的国家或国家的一部分仍未得到自由，全人类的气概就为之减色。让我们记往，人类的最高目的是，把人类从恐惧的羁绊中，人类堕落的羁绊中，从贫困的羁绊中解放出来，把人类从长久以来阻碍多数人类发展的肉体、精神和知识的羁绊中解放出来。

兄弟姊妹们，让我们记住，为了这一切，我们亚洲人和非洲人必须团结起来。

道与人同在

斯坦贝克

演说者简介

斯坦贝克（1902~1968），美国小说家，生于美国加州。他的小说《托蒂亚平原》使他一举成名。而此后1939年发表的小说《愤怒的葡萄》是展现美国大萧条时期的一部史诗。他的作品还有《月落》、《人鼠之间》、《旺火》、《伊甸园以东》、《我们不满的冬天》。1962年他获得诺贝尔文学奖。本篇就是他在诺贝尔文学奖颁奖仪式的受奖演说。

※　　　　※　　　　※　　　　※　　　　※

　　我感谢瑞典学院给我的作品以如此殊荣。在我心里可能会怀疑我是否比我所敬重的其他作家更配得诺贝尔奖——但这奖颁给我，我仍是毫无疑问地感到快乐与骄傲。

　　依惯例，本奖得奖人要对文学的本质与方向表达其个人的或学术性的观点，我则认为应当在这里思考一下文学作者的高度义务与责任。

　　诺贝尔奖与我现在所站的这个地点，它的声望是如此崇高，以致我现在不是像感恩而自我辩护的耗子那样吱吱叫，而是被迫以我职业的骄傲，以世世代代在实行这职分的伟大而善良的人们的骄傲做狮子吼。

　　文学不是苍白的评论界教士们在他们空洞的教堂里所诵唱的祈祷——也不是那与人群隔离的选民们，那患着低卡路里的绝望症的僧侣们所玩的游戏。

　　文学跟语言同样古老。它出自人类的需要，这种情况一直未变，除非是更为需要了。古代斯堪的纳维亚的诗人，中世纪的游唱诗人和现代作家，不是分开的，或互斥的。从最开始，他们的功能，他们的义务，他们的责任便由人类这种物种所命定了。

　　人类经历着灰暗而绝灭的混乱时代。我伟大的先驱——威廉·福克纳，在此处发言时，曾说那是一个普遍的、恐惧的悲剧，这恐惧延续得如此之长，以致没有精神上的难题比它更久的，因此唯一值得写的似乎只有这人心的苦难。对人性的力量与弱点，福克纳比大部分人都更为清楚。他知道如何去了解并分析这种恐惧乃是作家主要的存在理由。

　　这不是新的看法。作家的古代使命并未改变。他受命要暴露我们那么多沉重的错误与失败，要把我们黑暗而危险的梦打捞到日光之下，以便改善。再者，作家受命要宣布并赞扬人类精神与心灵中已经证实了的伟大能力,在失败中的飘然能力,他的勇气、同情与爱的能力。在对脆弱与绝望的无尽战争中,这些乃是明亮的旗帜,使我们可以重振希望与战胜的勇气。

我认为,一个作家若对人的可完美性没有热烈的信念,便没有文学的使命与资格。当前遍地的恐惧是起于知识的前奔浪涛以及对物理世界几种危险因素的操纵。确实,其他的精神层面到现在尚未赶上物理世界伟大脚步,但没有理由假定这些层面不能或不愿赶上。实则作家的职责之一就是要促其实现。

人类自存在以来,面临许多几乎确定失败与毁灭的处境,但在这些自然的敌人面前,他都坚定地站立起来,这一历史是最值得骄傲的;现在,在我们可能最伟大的胜利的前夕若离开战场,将是懦弱而愚蠢的。

当然,我在读阿弗列德·诺贝尔的传记——传记说,他是孤独的、深思的人,他把炸药的力量释放出来,可为善,可为恶,但炸药本身缺乏选择力,没有被良心或判断所控制。诺贝尔看到他的发明被残酷而血腥地误用。他甚至预见他的研究所可能导致的最终后果——极端的暴力与最后的毁灭。有人说他变得刻薄嘲讽起来,但我不相信。我认为他努力地去发现一种控制法,一种安全活门。我认为最后他在人心中,在人的精神中找到了。在我看来,他的想法清楚地在奖金的类别中呈现了出来。

在他去世后不及五十年,自然之门打开了,我们被赋予了可怕的沉重的抉择之权。我们篡夺了许多我们以前归之于神的能力。在恐惧与无准备之下,我们操纵了生命与世界以及其中所有的生物的生死之权。危险与光荣及抉择终于落到人身上。他的可完美性之测验握在他手上了。既得这如神般的力量之后,我们只得在自己身上去寻求原先归之于神的责任与智慧。人自己变成了我们最大的危机及我们唯一的希望。

所以，今天，我们可如此解释使徒圣约翰的话：最终有道，道乃是人——道与人同在。

在为周恩来总理举行的国宴上的演说

恩克鲁玛

演说者简介

恩克鲁玛（1909~1972），加纳第一任总统。1957年黄金海岸独立，改国名为加纳，恩克鲁玛任总理。这也是非洲殖民地中第一个赢得独立的国家。1960年成立加纳共和国，他被选为总统兼总理，任期内主张非洲统一，支持非洲民族独立运动。

1964年1月11日至16日，周恩来总理应恩克鲁玛总统邀请，对加纳进行了友好访问。本篇就是1月13日恩克鲁玛为周恩来、陈毅一行举行国宴并热情欢迎他们到来的致辞。

＊　＊　＊　＊　＊

周恩来总理、陈毅副总理、我们的中国朋友们、诸位阁下，我很高兴欢迎你——周恩来总理和你的随行人员访问我国，我以自己的名义并代表加纳人民表示欢迎。我很高兴你能接受我们的邀请前来访问。

我在1961年对你们伟大国家的极有意义和愉快的访问，给我留下极其深刻的记忆，虽然你的访问将是短暂的，但是你可以确信，你在这里访问期间，将受到我们加纳传统的殷勤好客的接待，感受到全体加纳人民对全体中国人民的热烈友情。

我们加纳人钦佩中华人民共和国自从革命以来在毛泽东主席——诗人、哲学家、战士和政治家的英明领导下所取得的巨大进展。周恩来总理，你自己也是在为改善贵国人民的生活条件而进行的斗争中，站在最前列的坚定不移的民族主义者和自由战士。

在你访问期间，你将看到我们在多年殖民统治和掠夺以后为重建加纳所做的努力。我要在这里代表加纳政府和人民对中华人民共和国政府在我们的工农业发展方面给予我们的援助表示诚挚的感谢！

我们相信，在由于殖民剥削而变得贫困的国家里，走向人民享受福利和幸福的最可靠的道路就是社会主义。我们认为，每个人的福利应该取决于所有的人的福利和发展。

周恩来总理，当我国下定决心建设和维护一个社会主义社会而即将采取一个决定性的前进步骤的时候你前来访问，我们特别感到高兴。

这次访问——你第一次对非洲的访问——有着十分重大的意义。你是代表6.5亿朝气蓬勃、奋发图强的人民来到这里的，中国人民是团结一致的、进步的强大民族。这个榜样肯定会鼓舞我们非洲人，而且我们毫不怀疑，建立一个非洲大陆的联邦政府不仅是可能的，而且是现实的。我们坚定不移地深信，只有建立一个非洲大陆的政府才能在非洲消除匮乏和贫困。一个统一的非洲将是亚非团结反帝的链条上的强有力的一环。我们将用同一个声音发言，一起斗争来争取人类在世界上的安全生活。

在这方面，周恩来总理，你们的伟大国家仍然被排除在联合国组织之外，我必须对此表示遗憾和失望。加纳政府将继续支持中国人民在联合国的合法权利。

应该注意到，我们反对殖民主义和帝国主义的斗争，是争取世界和平的斗争的一部分。因为，在帝国主义、殖民主义和新殖民主义从地球上彻底消失之前，就不能有持久的和平。我们也注意到，在这场斗争中，中国能对和平作出巨大的贡献，而只有在和平中才能维护我们的文明。正是由于我们对世界和平的必要性怀有不可动摇的信念，我们才坚定不移地遵循在万隆确立的关于和平共处的五项原则，那就是互相尊重领土完整和主权、互不侵犯、互不干涉内政、平等互利以及和平共处。

如果帝国主义者和新殖民主义者愿意接受和遵循这些原则，我确信，世界和平就能建立起来而得到永久的维护。那时，我们将真正生活在没有战争的世界上。

尊敬的周恩来总理，让我再一次对你和你的随行人员来到加纳，表示非常热烈的欢迎！我希望你们在这里逗留期间感到高兴和愉快。

现在，诸位阁下，亲爱的朋友们！请大家同我一道站起来，为中国领导人和人民，为毛泽东主席，也为你——周恩来总理在贵国革命中所发挥的作用干杯！

中国和加纳的友谊万岁！

非洲统一万岁！

和平和各国的友谊万岁！

孤独的漂泊

加 缪

演说者简介

加缪（1913～1960年），法国小说家、剧作家、伦理家和政治理论家。

他的著作主要展现人在异己世界中的孤独、个人与自身的日益异化以及罪恶和死亡等不可避免的问题，深刻反映了战后知识分子思想的迷乱和幻想的破灭。他早期的两个散文集《正面和反面》和《婚礼》把人生的短促易逝跟世界的永恒作比较，揭示人生的孤独与虚无。他一生热爱戏剧，但他的剧作不如他的文学作品受欢迎。本篇是1957年他在诺贝尔文学奖颁奖仪式的答词。

在接受你们自由的学院如此慷慨地给予我的荣誉之际，我的感谢是深重的，尤其当我考虑到这份奖赏远超过我个人的成绩时，每一个人都希望获得肯定，而艺术家更是如此。我也是一样。但对于你们所做的决定，我必须将它对真正的我所造成的冲击来加以比较，才能领会。对于一个几乎仍旧年轻，唯一富有的是他的怀疑，而他的作品仍旧在成长中，惯于生活在工作的孤独中或对友情的回避中的这样一个人，当他突然在孤单而沉潜的情况之下，听到颁给他的荣誉，把他置于耀眼光亮的中央时，他如何不会感到恐慌？而当欧洲其他的作家——其中有些是最伟大的……被勒令沉默，甚至在他们的祖国经历无止境的惨痛遭遇之际，仍不能发言，这时他接受这个荣誉，内心更是何等复杂？我就是感到这种震惊与骚乱。为了重新获得心安，我不得不接纳这过于慷慨的幸运。由于只靠我的成就，我还配不上这份荣幸，我发现除了那终生支持我，即使在最矛盾的情况之下都未曾离弃我的力量以外，我没有任何别的支柱：这支柱就是我对我的艺术和作为一个写作者的角色的看法。让我以感恩与友好的心，尽可能简短地把这个看法告诉各位。

就我自己来说，没有艺术，我便无法生活。但我没有把它置于一切之上。从另一方面来看，如果说我需要它，那是因为我无法把艺术跟我的同胞分开，是它允许我这样一个人跟我的同胞生活在同一水平上。它是一种方法，向同胞们提供一幅共有的苦乐画面，从而得以激励大多数的人。它驱使艺术家无法自外于同胞；它使他服膺最卑微和最普遍的真理与事实。那因自觉到与众不同，而选择了艺术为其终身职业的人，不久就会明白，除非他承认自己与人无别，他便不但不能保持他的艺术，而且不能保持他与人的不同。一个艺术家，在他经历到他所不能不有的美感，他所无法摆脱的人际关系时，他便将自己跟他人熔为一炉了。真正的艺术家是不轻视任何东西的；他们的责任毋宁说是去了解，而不是去论断。如果在这个世界上他们不得不站在某一边时，那么，或许他们只能站在尼采所说的那种社会的一边，就是由创造者来统治，而不是由法官来统治的社会——不论这创造者是工人，还是知识分子。基于这个观点，我们可以说写作者无法摆脱艰巨的义务：正因为他是写作者，在当今这个时代，他就不可能去为那些创造历史的人服务，而他要服务的却是那些忍受历史的人。否则，他便会陷于孤独，而他的艺术也将被剥夺。任由暴君的百万人马，都无法使他摆脱由此而来的孤立——即使他跟他们亦步亦趋，而且越是亦步亦趋，他越会感到孤独。但是在世界的另一端，一个没有知识的囚犯的沉默，却足以把他从这种放逐中挽救出来，至少，当他享有自由的时候，致力于不去忘记这种沉默而把它传达出来，并借着他的艺术而使它发出声音——这时他便得以摆脱那孤立。

虽然我们没有一个人伟大得足以承担这个任务。但是，在人生的各种境遇中——不论在隐晦或短暂的声名中，或者在专制者的牢狱，或者能自由发表作品的时候，作家只能在鞠躬尽瘁地承受为真理服务和为自由服务这两项使他的作品成为伟大的任务时，才能获得亿万人民的心，并受到亿万人民的承认。因为作家的职责，是在于团结大多数的人民。他的艺术不应该和一切的谎言和奴役妥协。因为，不论谎言与奴役在什么地方得势，都会产生孤寂。不论我们个人的弱点是什么，我们作品的高贵之处，永远是根植在两项十分艰于遵守的誓约：对于我们明知之事绝不说谎，并且奋力去抵抗压迫。

在这十多年疯狂的历史中，在时代巨变里，和我这一代其他的人们一样绝望地迷失的我，却一直受到这样一个事实的支持：一种深藏于内心的情感，认为在今天这样的时代里写作，是一种荣耀——因为写作是一种誓约——不仅仅只是为了写作的誓约。尤其在审视着我自己的力量和存在的情境时，写作，是一种和我共同活过同一个历史时期的人们，一起忍受我们相同的悲惨和希望的誓约。这些人们，在第一次大战时期降生，希特勒上台和第一个革命的征兆正在开始的时候，他们正值10岁上下的年纪；在西班牙内战、第二次世界大战、集中营的世界和充满了酷刑拷打和囚禁的欧洲中，他们完成了他们的教育。正好是这些人，在今天，他们必须在一个为核子武器所毁灭的威胁下的世界里，生养子女，从事创作。对于这些人，我想，没有一个人能要求他成为一个乐观主义者。我甚至认为：我们应该去理解那些在极端绝望中，主张堕落和竞相趋向于这时代的虚无主义的人们。但是，事实上，我们当中大部分的人，不论在我的国家或者在整个欧洲，都拒绝了这种虚无主义，并且涉身从事人类正道的追求。他们必须为自己锻炼出一种生活在灾难的时代所需的艺术，以便借以重生，并且公开地和那在我们的历史中起作用的死亡的本能，做不懈的斗争。

无疑的，每一代都会感到有改革世界的任务。我们这一代却知道他们不能改革它，但他们的任务或许更艰巨。这个任务便是如何去阻止世界的毁灭。身为腐败的历史之继承人的这一代——这腐败的历史乃糅杂了堕落的革命、走火入魔的科技、死亡的神和陈旧了的意识形态。而中产的力量却足以把一切都摧毁、却已不再知道如何使人信服，人的心智自降身价，变成了为恨意和压迫所效劳的奴仆——这一代，从他们自我否定起步，必须在内在与外在中去重新建立起足以使生命与死亡有点尊严的东西。在这个被分崩离析所威胁，以及我们的大审判官冒着要建立永久的死亡之国的危险的世界中，这一代人应该知道当他们在与时钟做疯狂的赛跑之中，应将劳动与文化重新调和，并跟所有的世人共同合作，重新建造约柜。这一代能不能完成这艰巨的任务，现在还不能确定，但全球各地的人，都已起身为真理与自由而奋战，必要的话，还知道应如何为之牺牲而无憾。这种奋斗，不论我们在什么地方发现，都值得向它致敬，对它鼓励，尤其是在人为之牺牲的时候。无论如何，今天各位颁给我的荣誉，我愿转赠给我们这一代，这种做法相信可以获得各位完全的赞许。同时，在概略说过写作者的艺术之高贵以后，我应当把他放在他本分的位置。除了跟他并肩作战的同志共有的东西以外，他没有任何别的权利：易于受伤，却又顽固，不公正，却又热切地追求公正，在所有的人面前做他的工作，既不以为耻，又不以为傲，永无止境地在忧痛与美之间被撕裂。而最后则献身于从他双重的存在处境中去求取他的创造品——在破坏性的历史运动中他一直顽固地企图竖立起来的创造品，在所有这种种经历之后，我们准能够要求他给予完全的答案，具有高度的道德呢？真理是神秘的，不易捕捉的，永远需要我们去征服。自由是危险的。固然令人鼓舞，但同样令人感到难以妥善运用。我们必须向着这两个目标前进，虽痛苦，但坚决，并预知在这漫长的道路上会蹶跌。

　　从现在开始，哪一个作家敢问心无愧地以美德的传布者自居？就我自己而言，我必须再一次申明，我不是这种人。我从未能摒弃过我成长于其间的光明，生之欢乐和自由。这种乡愁固然可能导致我许多的错误，但无疑它也帮助了我，使我对我们艺术有了更深一层的了解。到现在，它还在帮助我，使我支持那些默默承受生活遭遇的人——他们之所以能够承受，能够继续活下去，只因为他们记得往日短暂而快乐的时光，这样，在把我还原为本来的样子，在说明了我职志的局限，它受惠于人之处和它的困难之处以后，最后我可以比较释然地这样说：各位赐予我的荣誉极为宽厚，我接受了它，是把它当作对所有那些做着同样战斗，却没有得到任何特权，而只领受到不幸与迫害的人的致敬。我从心的深处感谢各位，并将自古以来每个真诚的艺术家日日向自己默许的诺言向各位公开说出，以示我的谢忱，这便是——忠实。

在答谢宴会上的祝酒词

尼克松

演说者简介

尼克松（1913～1995），美国第37任总统，共和党人。

本篇是尼克松在访华答谢宴会上的祝酒词。他以长城作为话题，意蕴深厚，又具有现实意义；长城既象征着中美隔离的过去，又代表着中美友好的未来。贴切而生动的比喻，骤然缩小了两国人民感情上的鸿沟，使满座宾客倍感亲切。本篇颇具文采，令人玩味。

总理先生，中华人民共和国和美利坚合众国的我们十分尊贵的客人们：我们能有机会在贵国作客期间欢迎你和今晚在座的诸位中国客人，感到十分荣幸。我要代表我的夫人和同行的全体正式成员，对你们给予我们的无限盛情的款待，表示深切的感谢。

大家知道，按照我国的习惯，我们的新闻界人士有权代表他们自己讲话，而政府中的人谁也不能代表他们讲话。但是我相信，今晚在座的全体美国新闻界人士都会授予我这一少有的特权来代表他们感谢你和贵国政府给予他们的种种礼遇。

你们已使全世界空前之多的人们得以读到、看到、听到这一历史性访问的情景。

昨天，我们同几亿电视观众一起，看到了名副其实的世界奇迹之一——中国的长城。当我在城墙上漫步时，我想到了为建筑这座城墙而付出的牺牲；我想到它显示的在悠久的历史上始终保持独立的中国人民的决心；我想到这样一个事实，就是，长城告诉我们，中国有伟大的历史，建造这个世界奇迹的人民也有伟大的未来。

长城已不再是一道把中国和世界其他地区隔开的城墙。但是，它使人们想起，世界上仍然存在着许多把各个国家和人民隔开的城墙。长城还使人们想起，在上一代的岁月里，中华人民共和国和美国之间存在着一道城墙。四天以来，我们已经开始了拆除我们之间这座城墙的长期过程。我们开始会谈时就承认我们之间有巨大的分歧，但是我们决心不让这些分歧阻碍我们和平相处。

你们深信你们的制度，我们同样深信我们的制度。我们在这里聚会，并不是由于我们有共同的信仰，而是由于我们有共同的利益和共同的希望，我们每一方都有这样的利益，就是维护我们的独立和我们人民的安全；我们每一方都有这样的希望，就是建立一种新的世界秩序，具有不同制度和不同价值标准的国家和人民可以在其中和平相处，互有分歧但互相尊重，让历史而不是让战场对他们的不同思想作出判断。

总理先生，你已注意到送我们到这里来的飞机名为"76年精神号"。就在这个星期，我们美国庆祝了我们的国父乔治·华盛顿的生日，是他领导美国在我们的革命中取得了独立，并担任了我们的第一届总统。

在他任期届满时，他用下面的话向他的同胞告别："对一切国家恪守信用和正义，同所有的人和平与和睦相处。"

就是本着这种精神——76年精神，我请大家站起来和我一起举杯，为毛主席，为周总理，为我们两国人民，为我们的孩子们的希望，即我们这一代能给他们留下和平与和睦的遗产，干杯！

就职演说

约翰·肯尼迪

演说者简介

约翰·肯尼迪（1917～1963），美国第35任总统，民主党人。生于马萨诸塞州一个富豪世家。肯尼迪在就职演说中提出了"新边疆"施政纲领：一方面，要对付国内的经济危机和社会危机；另一方面又要在国际上与苏联争霸。在短暂的任期内，他确实为此费尽心机：他制造了入侵古巴的吉隆滩事件和苏联导弹事件，发动和扩大侵越战争；同时又加紧向亚非拉地区渗透，强

化与苏联的争夺，露出一副咄咄逼人的姿态。

这篇演说被认为是美国历届总统就职演说中最精彩的演说之一。它虽是施政演说，但却妙语连珠，佳句迭出，使人读来颇有兴味。

✳ ✳ ✳ ✳ ✳

首席法官先生、艾森豪威尔总统、尼克松副总统、杜鲁门总统、尊敬的牧师、各位公民：

今天我们不是要庆祝政党的胜利，而是要庆祝自由的胜利。这象征着一个结束，也象征着一个开端，表示了一种更新，也表示了一种变革。因为我已在你们和全能的上帝面前，宣读了我们的先辈在将近170年以前拟定的庄严的誓言。

现在的世界已大不相同了，因为人类的巨手掌握着既能消灭人间的各种贫困、又能毁灭人间的各种生活的力量。但我们的先辈为之奋斗的那种革命信念，在世界各地仍然有着争论。这个信念就是：人的权利并非来自国家的慷慨，而是来自上帝恩赐。

今天，我们不敢忘记我们是第一次革命的继承者。让我们的朋友和敌人都同样听见我此时此地的讲话：火炬已经传给新一代美国人，这一代人在本世纪诞生，在战争时期经受过锻炼，在艰难痛苦的和平时期经受过陶冶，他们为我国悠长的传统感到自豪，他们不愿目睹或听任我国一向保证的、今天仍在国内外作出保证的人权渐渐遭到剥夺。

让每个国家都知道——不论它希望我们繁荣还是希望我们衰落——为确保自由的存在和自由的胜利，我们将付出任何代价，承受任何负担，应付任何艰难，支持任何朋友，反抗任何敌人。这些就是我们的保证——而且还有更多的保证。对那些和我们有着共同文化和精神渊源的老盟友，我们保证待以诚实朋友那样的忠诚。如果我们团结一致，我们就能在许多合作事业中无往而不胜；如果我们分歧对立，我们就会一事无成，因为我们不敢在争吵不休而四分五裂时去迎接强大的挑战。

对那些我们欢迎加入到自由行列中来的新国家，我们恪守我们的誓言，决不能让一种更为残酷的暴政来取代一种行将消失的殖民统治。我们并不总是指望他们会支持我们的观点。但我们始终希望看到他们坚强地维护他们自己的自由——而且要记住，在历史上，凡愚蠢地骑在虎背上谋求权力的人，都是以葬身虎口而告终。

对世界上身居茅舍和乡村、为摆脱普遍贫困而斗争的人们，我们保证尽最大努力帮助他们自救，不管所需要的时间要多长——之所以这样做，并不是因为共和党可能正在这样做，也不是因为我们需要他们的选票，而是因为这样做是正确的。自由社会如果不能帮助众多的穷人，也就无法保全少数富人。

对我国南面的姐妹共和国，我们提出一项特殊的保证——在一个争取进步的新同盟中，把我们善意的话变为善意的行动，帮助自由的人们和自由的政府摆脱贫困的枷锁。但是，我们所希望的这种和平革命决不可以成为敌对国家的牺牲品。我们要让所有邻国都知道，我们将和他们在一起，反对在美洲任何地区进行的侵略和颠覆活动，让其他国家都知道，本半球的人仍然想做自己家园的主人。

联合国是主权国家的世界性议事场所、是我们在战争手段大大超过和平手段的时代里最后、最美好的希望所在，因此，我们重申予以支持的保证——防止它仅仅成为谩骂的场所——加强它对新生国家和弱小国家的保护，并扩大它的行使法令的管束范围。

最后，对那些想与我们为敌的国家，我们提出一个要求而不是一项保证：在科学释放出可怕的破坏力量，把全人类卷入到预谋或意外的自我毁灭的深渊之前，让我们双方重新开始寻求和平。我们不敢以怯弱来引诱他们。因为只有当我们毫无疑问地拥有足够的军备时，我们才能毫无疑问地确信永远不会使用这些军备。但是，这两个强大的国家集团都无法从目前所走的道路中得到安慰——发展现代武器所需的费用使双方负担过重，致命的原子武器不断扩散理所当然使双方忧心忡忡，但是，双方却在争着去改变那制止人类发动最后战争的不稳定的恐怖均势。

因此，让我们双方重新开始——双方都要牢记，礼貌并不意味着怯弱，诚意永远有待于验证。让我们决不要由于害怕而谈判。但我们决不能害怕谈判。让双方都来探讨使我们团结起来的问题，而不要操劳那些使我们分裂的问题。让双方首次为军备检查和军备控制，制订认真而又明确的提案，把毁灭他国的绝对力量置于所有国家的绝对控制之下。

让双方寻求利用科学的奇迹，而不是乞灵于科学造成的恐怖。让我们一起去探索星球，征服沙漠，根除疾患，开发深海，并鼓励艺术和商业的发展。让双方团结起来，在全世界各个角落倾听以塞亚的训令："解下轭上的索，使被欺压的得自由。"

如果合作的滩头阵地能逼退猜忌的丛林，那么就让双方共同作一次新的努力，不是建立一种新的均势，而是创造一个新的法治世界，在这个世界中，强者公正待人，弱者感到安全，和平将得到维护。所有这一切不可能在第一个 100 天内完成，也不可能在第一个 1000 天或者在本届政府任期内完成，甚至也许不可能在我们居住在这个星球上的有生之年完成。但是，让我们从现在就开始吧。公民们，我们方针的最终成败与其说掌握在我的手中，不如说掌握在你们的手中。自从合众国建立以来，每一代美国人都曾受到召唤去证明他们对国家的忠诚。响应召唤而献身的美国青年的坟墓遍及全球。

现在，号角已再次吹响。它不是召唤我们拿起武器，虽然我们需要武器；不是召唤我们去作战，虽然我们严阵以待。它召唤我们为迎接黎明而承受漫长斗争的重任，年复一年，"欣喜地满怀希望，耐心地经受考验"，去反对人类共同的敌人——专制、贫困、疾病和战争本身。为反对这些敌人，确保人类更为丰裕的生活，我们能够组成一个包括东西南北各方的全球大联盟吗？你们愿意参加这一历史性的努力吗？

在漫长的世界史中，只有少数几代人在自由处于最危急的时刻被授予保卫自由的责任。我不会推卸这一责任，我欢迎这一责任。我不相信我们中间有人想同其他人或其他时代的人交换位置。我们为这一努力所奉献的精力、信念和忠诚，将照亮我们的国家和所有为国效劳的人，而这火焰发出的光芒定能照亮全世界。

因此，我的美国同胞们，不要问你们的国家能为你们做些什么，而要问你们能为自己的国家做些什么。

全世界的公民们，不要问美国将为你们做些什么，而要问我们共同能为人类的自由做些什么。

最后，不论你们是美国公民还是其他国家的公民，你们应要求我们献出我们同样要求于你们的高度力量和牺牲。问心无愧是我们唯一可靠的奖赏，历史是我们行动的最终裁判，我们祈求上帝的保佑和帮助，但我们知道，上帝在这个世界上的工作确实就是我们自己的工作，因此，让我们走向前去引导我们所热爱的国家吧。

在以色列国会上的演说

萨达特

演说者简介

萨达特（1918～1981），1970年任埃及总统。他在外交方面采取一些极端出人意外的措施，如摆脱苏联对埃及的控制、发动第四次中东战争以及同以色列和谈等。他曾亲赴耶路撒冷同以色

列当局会晤，打开埃以直接对话的渠道。

本文系1977年11月20日他在以色列国会发表的演说。他结束了埃以历时三十年之久的战争状态，签订《埃以和约》，并于1978年与以色列总理贝京同获诺贝尔和平奖。

✻　　　✻　　　✻　　　✻　　　✻

总统先生，女士们、先生们，你们好！愿真主怜悯你们。

蒙真主允许，和平属于我们大家。

和平属于我们大家，属于在阿拉伯土地上的，在以色列的，在这个充满着血淋淋的争斗、为尖锐的矛盾所困扰、不时遭受流血战争威胁的广袤世界的每一个地方的所有的人。人类制造战争，以此最终消灭自己的兄弟——人类。

在人类所建树的一切的废墟上，在人类牺牲者的尸骨中间，是没有征服者和被征服者的。真正的被征服者永远是人类——真主创造的最高之物、真主创造的人类。正如和平的圣徒甘地所说："为了建设生活、为了崇拜真主而奔走。"

今天，我以坚定的步伐来到你们这里，为的是我们大家——生活在这个地球上、真主的土地上的所有穆斯林、基督教徒、犹太教徒——一起来为了建立和平而创造一种新的生活。我们崇拜真主，此外，我们没有任何别的崇拜。真主的教诲和戒律是友爱、信任、纯洁与和平。

我请求所有当我在埃及人民议会向全世界宣布我的决定时以惊讶甚至张皇的心情听到这一消息的人原谅。这一异常的突然行动甚至使得有些人认为我的决定最多只不过是在世界舆论面前玩弄花招，给人们提供饭后的谈资而已，另外一些人则把它说成是我为了掩盖发动一次新战争意图的政治策略。

　　我不想隐瞒你们。共和国总统办公室的我的一名助手在那天深夜我从人民议会回到家里后同我联系，忧心忡忡地问我：假如以色列真的向你发出邀请的话，你怎么办呢？总统先生。我十分镇静地回答他：我将立即接受邀请。

　　我曾经公开宣布过，我将到天涯海角去，我将到以色列去，因为我想在以色列人民面前说明全部事实真相。

　　我请求所有对我的决定感到惊愕的人，或者对宣布决定的真实意图表示怀疑的人原谅。因为没有任何人能设想到一个人承担着最大负担，承担着中东地区战争和和平问题首要责任的最大的阿拉伯国家的总统会作出准备到敌对的国家去的决定。我们仍然处在战争状态之中，我们大家还都在遭受着在三十年中发生的四次残酷战争所造成的苦痛，1973年10月战争牺牲者的家庭仍然生活在丧夫失子、父兄阵亡的孤苦之中。

　　正如以前我所宣布的那样，关于这个决定我没有同任何一个同事和兄弟——阿拉伯国家或前线国家的首脑商量过。他们中间有些人在决定宣布以后同我进行了联系，表示反对。因为以阿拉伯国家和巴勒斯坦人民为一方，以色列为另一方之间的全面怀疑和全面不信任至今在所有人的心中仍然存在。长长的几个月足可以实现和平，但是在关于举行日内瓦会议的程序方面所进行的毫无益处的分歧和讨论中白白浪费了。所有这些都说明了全面怀疑和全面的失去信任。

　　但是，我要非常诚恳地坦率地告诉你们，我做出这个决定是经过了长时间的考虑的。我知道这是一个巨大的冒险。因为如果说真主决定我要对埃及人民负责，要分担有关阿拉伯人民、巴勒斯坦人民的命运的责任的话，那么这种责任的首要任务就是利用一切办法，避免阿拉伯与埃及人民以及全体阿拉伯人民再一次遭受毁灭性的、只有真主才知道其规模的战争灾难。

在经过长时间的思考以后，我确认对真主、对人民的责任的忠诚要求我走遍天涯海角，而且要到耶路撒冷去，去向以色列人民的代表、国会成员说明我考虑已久的全部事实，然后让你们自己考虑并作出你们的决定。最后，让真主按照他的意旨为我们安排一切。

女士们，先生们，都有这样一些时刻，所有具有聪明才智和远见卓识的人在这样的时刻必须注意到过去的复杂状况和遗留问题，以便勇敢地向新的境界前进。

那些像我们一样肩负着同样责任的人们首先应该有勇气作出同形势的主流相一致的重大决定。我们大家应该站得高一些，摆脱一切形式的偏见，摆脱心理错觉和腐朽的优势理论。最重要的是我们永远不要忘记无过只属于真主。如果我说我要使全体阿拉伯人民避免新的令人痛苦的战争灾难的话，那么我十分诚挚地向你们宣布，我对世界上每一个人都怀有同样的感情，负有同样的责任，对以色列人民当然也是这样。

战争的牺牲品是：人类。

在战争中灭亡的生命是人的生命——不管是阿拉伯人或是以色列人；失去丈夫的妻子是应该生活在幸福家庭中的妇女，不管是阿拉伯的还是以色列的妇女。

失去父亲的照料和爱抚的儿童是我们大家的孩子。无论是在阿拉伯的还是以色列的土地上，我们都应该担负起为他们创造快乐的今天和美好的明天的巨大责任。

为了这一切，为了保卫我们所有孩子和兄弟的生命，我们社会的安居乐业，为了人类的发展，使他们幸福，给他们以崇高的生活权利，为了我们对子孙后代的责任，为了降生在我们土地上的每一个孩子的欢笑，为了所有这一切，我甘冒一切风险，我决定来到你们这儿，发表我的意见。

我曾经担负起、现在仍然担负着历史责任提出的要求。为此，从前，几年以前，确切地说是在1971年2月4日，我宣布我准备同以色列签订一项和平条约。这是阿以冲突开始以来阿拉伯负责人发表的第一个公开声明。出于领导责任应有的这一切动机，我在1973年10月16日在埃及人民议会宣布呼吁召集一次国际会议，以便确立持久的公正的和平。

在那个时候，我无需乞求和平或要求停火。我在历史的、领导的责任应有的动机的推动下，签订了第一个脱离接触协议，接着是在西奈的第二个脱离接触协议。然后，我努力敲打那些开着的、关着的大门，以寻求一条通向持久的公正和平道路。我向全世界人民敞开胸怀，让他们了解我们的动机和目标，让他们真正相信我们是正义的倡导者和和平的创造者。

在这一切动机的推动之下，我决定以坦率的思想，坦荡的胸怀、自觉的意志来到你们这里，以共同创造建立在公正基础之上的持久和平。

我这次到你们这里来是在伊斯兰最大的节日、吉祥的宰牲节、牺牲和赎罪的节日里进行的一次和平之行，这是天意。当初阿拉伯人和犹太人的祖先易卜拉欣皈依了伊斯兰教。我说，当真主命令他的时候，他就立即心甘情愿地挺身而出，这不是由于软弱，而是由于一种巨大的精神力量的鼓舞，由于不惜牺牲自己心爱的儿子的自由选择，是出于对崇高理想的不可动摇的坚定信念——这一崇高理想赋予生活的深刻的意义。也许这一巧合在我们大家的心中具有一种新的含义，也许它将变成安全、宽恕与和平吉兆中的真正希望。

女士们，先生们，让我们用没有任何隐晦曲折的直截了当的语言和明确的思想进行坦率的交谈，让我们今天坦率地交谈。包括东方和西方在内的整个世界都在注视着这个珍贵的时刻，它可能成为世界这一地区——如果不是说整个世界的话——的历史进程中的根本转折点的时刻。

让我们坦率地回答这样一个重大问题：怎样才有可能实现持久、公正的和平。

我带着对这重大问题的明确、坦率的答案来到你们这里，为的是让以色列人民听到它，让全世界都听到它，也是为了让所有那些我听到他们诚挚呼吁的人们听到它；他们希望最终实现千百万人对这次历史性会晤所期望的结果。

在我向你们公布我的回答以前，我希望向你们强调，我在这个明确的、坦率的回答中，根据的是任何人都必须承认的若干事实：

第一个事实：任何人的幸福都不能建立在别人的痛苦上。

第二个事实：我从来没有，也绝不会用两种语言说话。我从来没有，也绝不会用两种政策同别人打交道。我只用一种语言、一种政策、一个面貌同任何人打交道。

第三个事实：直接对话和直截了当的路线是达到明确目标的最近也是最成功的道路。

第四个事实：建立在尊重联合国各项决议基础上的持久、公正和平的主张今天已经成了全世界的主张，它明确无误地表达了国际社会的意志；这种意志既反映在制定政策、作出决定的官方首脑，也代表了影响制定政策、作出决定的全世界的公众舆论。

第五个事实，这也许是最突出、最明显的事实：阿拉伯民族不是从一种软弱或动摇的地位出发去为争取持久公正和平而进行活动的。恰恰相反，它拥有实力和稳定的基础。因此，它的意见出自对和平的真诚意愿，发自为了避免将要落在我们和你们以及全世界头上的一场灾难的明智理解。没有任何东西可以取代确立公正的和平。核弹不能撼动它。怀疑不能损害它。不管是别有用心还是隐晦曲折的意图都不能动摇它。出于我想使你们了解的我所看到的全部事实真相，我还希望诚恳地提醒你们，提醒你们注意可能出现在你们脑海中的某些想法。

开诚相见要求我向你们说明下列各点：

一、我到你们这里来不是为了签订埃及同以色列的单独协议。这不是埃及政策的出发点。问题不在埃及和以色列。埃及同以色列之间，或者任何一个前线国家同以色列之间的任何单独和平都不可能在整个这个地区建立持久公正的和平。再说，即使在所有前线国家同以色列之间实现了和平，只要没有公正地解决巴勒斯坦问题，也永远不可能实现今天全世界迫切要求的持久公正的和平。

二、我来到你们这里不是为了争取局部和平，也就是说先在现阶段结束战争，而把全部问题推延到第二阶段。这不是使我们实现持久和平的根本解决。与此相联系，我来到你们这里不是为了签订西奈或者西奈、戈兰和西岸的第三个脱离接触协议。因为这仅仅是把点燃导火线推迟到以后某个时候而已。

而且，这还意味着面对和平我们缺乏勇气，我们不能担负持久公正和平的重担和责任。

我来到你们这里是为了共同建立持久公正的和平，避免任何一个阿拉伯人或者以色列人的躯体再流一滴鲜血。为此，我宣布我准备走遍天涯海角。这里，我再回来回答这个重大的问题：我们怎样实现持久公正的和平？

我在这个讲坛向全世界宣布，我的意见是，回答不是不可能的，不是困难的，尽管在血的仇恨、愤怨、憎恶中，尽管在完全的隔膜和根深蒂固的敌意中经过了几代人的情况下，已经经过了漫长的岁月。

回答是不困难的，不是不可能的，如果我们以全部诚挚、忠诚沿着正直的方针前进的话。你们愿意同我们一起共同生活在世界的这个地区。

我十分真诚地告诉你们：我们欢迎你们平安地、和平地生活在我们中间。这本身就构成具有决定意义的历史转折中的巨大的转折点。

是的，我们曾经拒绝过你们，当时我们有自己的理由和主张。

是的，我们曾经拒绝在任何地方同你们会见。

是的，我们曾经把你们描写为所谓的以色列。

是的，我们曾经在某些国际会议或国际组织中相会，我们的代表曾经是、现在仍然是同你们不相理睬。

这些都发生过，现在仍然发生着。是的，我们曾经提出过任何会谈必须有同双方单独接触的中间人。

在这样的情况下，我们进行了第一次脱离接触协议的谈判。还是在这样的情况下，我们进行了第一次脱离接触的谈判。

是的，我们的代表曾经在第一次日内瓦会议上见过面，但是没有直接说过一句话。

是的，这些都发生过。

但是，今天我要对你们说，要向全世界宣布，我们同意同你们在持久公正的和平中生活。我们不愿意用毁灭性的火箭以及仇恨和憎恶的导弹来包围你们，也不希望你们这样来包围我们。

我曾不止一次地宣布过，以色列是一个全世界承认的既成事实，两个超级大国担负着它的安全和保卫其生存的责任。

当我们的的确确希望和平时，我们就的的确确欢迎你们安全地、和平地生活在我们中间。

我们同你们之间有一堵巨大的高墙，在1/4世纪的时间里你们一直在努力建造这堵墙。但是，它在1973年被摧毁了。这是一堵一直在燃烧、逐步上升的心理战的墙。这是一堵能够把整个阿拉伯民族扫荡殆尽的力量进行威胁的墙。

这是一堵散布关于我们已经成为一具动弹不得的尸体的民族的墙；甚至你们有人说即使再过五十年，阿拉伯人也不可能重新站起来。这是一堵以能够达到任何地方、任何距离的长臂来进行威胁的墙。这是一堵警告我们，如果我们想要行使解放我们被占领的土地的合法权利的话，就要招致毁灭和灭亡的墙。我们都应该承认这堵墙已经在1973年垮台了，摧毁了。但是还有另一堵墙。

这另一堵墙造成了我们彼此之间复杂的心理障碍。同时也造成了怀疑和疏远的障碍，对任何做法、行动和决定都产生担心受骗上当和错觉的障碍，对每一件事情或每一次谈话都作出错误的小心翼翼的解释的障碍。这一心理障碍，就是我在历次正式声明中所说的，问题的百分之七十都是由它造成的。今天，在我对你们的访问中，我要问你们：为什么我们不诚恳地、坚定地、坦率地伸出我们的双手来一起摧毁这一障碍呢？

为什么不能以诚恳、信任和忠实的态度使我们的愿望一致起来，以便共同消除一切恐惧的疑虑、背信弃义、隐晦曲折和隐瞒真实意图的现象呢？

为什么我们不能以男子汉的英雄气概、以那些把毕生的精力献给一个最崇高目标的英雄们的胆略一起采取行动呢？

为什么我们不能以这种勇气和胆略一起采取行动，以便建造一座受到保护而不受到威胁的和平大厦，为我们的子孙后代放射出人道主义的光芒，使他们朝着建设、发展和人类尊严的方向前进呢？

为什么我们要为这些后代留下流血、杀害生灵、制造孤儿寡妇、毁灭家庭、使牺牲者辗转呻吟的后果呢？

为什么我们不相信哲人苏莱曼·哈基姆格言所引证的造物者的睿智呢？

格言说："求恶之心多欺诈，倡导和平有欢乐。"

"和平中的一口粗茶淡饭，胜于敌对中的满屋佳肴珍馐。"

为什么我们不能吟诵旧约中大卫先知的雅歌呢？雅歌说："主啊，我向你呼喊，如果我向你求助，请听取我恳切的声音。我把手举到你圣所的正位，不要把我同坏人、同为非作歹者、同那些对朋

友口蜜腹剑的人拉在一起。你根据他们的行动、根据他们行为的丑恶，给他们以报应吧！我要求平安，我为它而努力。"先生们，我向你们实说，只要和平不是建立在公正基础上，就绝不会有名副其实的和平。和平不能建立在占领别国领土的基础之上。

你们要为自己求得你们反对别人得到的东西是不容易的。

我要非常坦率地、以促使我今天来到你们这里的那种精神向你们说，你们应该彻底放弃侵略的梦想，并且放弃那种以为武力是同阿拉伯人打交道的最好办法的想法。

你们应该很好地记取我们彼此对阵的教训，扩张不会对你们有任何好处。

我们要明确地说明，我们的土地是不容讨价还价的，是不容置辩的。国家和民族的土地在我们看来就如神圣谷地——图瓦一般，正如真主在那里对穆萨——愿他平安——所说："我们任何人都无权、也不能同意放弃自己的一寸土地，或接受对此进行争论和讨价还价的原则。"我还应该对你们说：今天我们面前有一个和平的很好时机。如果我们在为和平而进行的斗争中真正采取严肃的态度的话，这是一个不可多得的良机。

如果我们丢掉了或者浪费了这个机会，那么搞阴谋破坏的人将要遭到人类和历史的诅咒。对以色列来说，什么是和平呢？这就是同它的阿拉伯邻居一起在这个地区安全、平静地生活。这是我所信仰的逻辑。

以色列不受任何侵犯地安全地生活在它的边界之内。

这是我所赞同的逻辑。

以色列得到确保这两项事实的各种保证。

这是我所赞同的要求。

而且我们还要宣布，我们接受你们设想的、由你们认为满意的人所提供的国际保证。

我们宣布，我们接受你们希望的由两个超级大国、或者其中之一、或者五个大国、或者其中某些国家的一切保证。

我再一次明确宣布，我们接受你们认为满意的任何保证，因为我们将相应地得到同样的保证。

简而言之，当我们问：对以色列来说，什么是和平呢？回答是：以色列安全地、平安地、在它所愿意的、另一方也将得到的保证范围内，在其边界内同阿拉伯邻居一起生活。

但是，怎样实现这一点呢？

我们怎样达到这一结果，并由此实现持久、公正的和平呢？这里有一些我们必须以全部的勇气和明朗的态度去面对的事实。

阿拉伯的土地被以色列用武装力量占领了，现在还占领着，而我们坚持实现从这些土地，其中包括阿拉伯的耶路撒冷在内的全面撤出；耶路撒冷，我把它当作一个和平之城来到了这里。

这个城市过去是、将来永远是三个宗教教徒共处的生动体现。

任何人想用吞并、扩张的办法谋取在圣城中的特殊地位都是不能接受的。它应该是向一切信徒开放的自由之城。

更为重要的是，这个城市不应同几个世纪以来把它当作定居之地的人们分开。为了避免唤起十字军战争的仇恨，我们应该保卫欧默尔·本·哈塔布和萨拉丁的精神，也就是谅解和尊重权利的精神。伊斯兰教和基督教礼拜的大殿不仅仅是履行宗教圣职和仪式的地方，而且它还是我们在这个地方在政治、精神和思想上从未间断过的存在的可靠见证。

在这里，任何人都不要在估计我们基督教徒、穆斯林对耶路撒冷所怀有的崇敬心情方面犯错误。

让我毫不犹豫地对你们说，我来到你们中间，来到这个圆顶大厅不是为了恳求你们从被占领的土地上撤退。从1967年后被占领的阿拉伯土地全面撤退是不容争辩的明显的事，任何人都不要对此抱什么幻想，或者对别人抱这种幻想。

在你们用武装力量占领着阿拉伯土地的时候，任何关于持久、公正和平的言论，任何保证我们平安、安全地一起生活在世界这一地区的步骤都是毫无意义的，因为在占领别人的土地的情况下，不能建立和平。

是的。

如果为我们这一代以及我们子孙万代建立持久、公正和平的愿望很纯正、斗争很真诚，那么这本来是显而易见的不容置辩和讨论的事实。

至于巴勒斯坦问题，那么没有人能否认这是整个问题的实质。今天全世界没有人能同意在以色列高喊的口号。这些口号否认巴勒斯坦人民的存在，甚至问这个人民在哪里呢？！

巴勒斯坦人民的事业、巴勒斯坦人民的合法权利今天不再是任何人可以无视或否认的，而且任何人都不能认为这是一个可以无视或否认的问题。这是一个西方和东方国际社会都已接受的现实。这一现实在一些国际文件和官方声明中得到了肯定、支持和承认。任何人都不能对一日夜都可以听到其反映的问题充耳不闻，或者对这一历史事实闭目不见，甚至担负着保卫以色列的存在和安全最高义务的，过去曾经、现在仍正在向以色列提供道义、物质和军事援助的你们的头号盟友美国也不能采取这种态度。

我说，就连美国也已经选择正视事实和现实的态度，它承认巴勒斯坦人民的合法权利，巴勒斯坦问题是斗争的中心和实质；只要这个问题继续悬而不决，争执就将不断加剧和升级，达到新的程度。我十分坦率地对你们说，没有巴勒斯坦人，和平就不可能实现。忽视这一问题，或者把它抛在一边，是一个无可估量的巨大错误。

我不想离开本题去引述从贝尔福宣言发表六十年来的过去了的种种事件。你们对那些事实都很清楚。如果你们找到了在完全不属于你们所有的土地上建立一个民族国家的法律上的、道义上的理由的话，你们就应该懂得巴勒斯坦人民在其家园重建国家的决心。

当有一些顽固分子和极端分子要求巴勒斯坦人民放弃这一最崇高的目标的时候，实际上就是要求放弃他们的意愿和他们对未来的一切希望。

我向要求承认巴勒斯坦人民的权利以实现和保证和平的以色列声音致敬。

因此，女士们，先生们，我对你们说，不承认巴勒斯坦人民，不承认他们建立国家和返回家园的权利是无益的。

我们阿拉伯人从前在对待你们，在对待以色列存在的事实上，已经有过这样的经验。冲突把我们从一个战争带到另一个战争，从牺牲带到更大的牺牲，致使我们今天——我们和你们——达到了一个可怕的深渊和一场恐怖灾难的边缘，如果我们今天不一起利用这一持久、公正和平的机会的话。

你们应该同我一样勇敢地面对现实。

对问题采取逃避或无视的态度永远不能解决问题。

在全世界一致呼吁尊重权利和现实的情况下，企图制造某些使全世界都不屑一顾的虚幻形势来确立某种和平是不可能的。

没有必要把巴勒斯坦权利问题带入死胡同。制造障碍除了延误和平进程，或扼杀和平以外，没有任何作用。

正如我对你们说过的那样，任何人不可能在别人痛苦的基础上获得幸福。进行直接会晤和执行径行直遂的路线是达到明确的目标的最简捷、最成功的道路。正视巴勒斯坦问题，为了持久、公正的和平，唯一的解决办法就是建立他们的国家。

有了你们所要求的一切国际保证，就不必害怕一个新生的国家；这个国家的建立需要来自世界各国的援助。当和平之钟敲响的时候，就没有人去敲战鼓。即使有，也听不到它的声音，你们同我一起来设想一个日内瓦和平协定吧，我们将以它向渴望和平的世界报喜。和平协定建立在：一、结束以色列对1967年被占领的阿拉伯土地的占领。二、实现巴勒斯坦人民的基本权利和包括有权建立自己国家在内的民族自决权。三、本地区各国有权和平地生活在安全的有保证的边界之内，途径是采取与实现国际边界安全相一致的措施，同时提供适当的国际保证。四、本地区各国在处理各种关系时，必须遵守联合国宪章的宗旨和原则，特别是不诉之于武力，用和平的手段解决他们之间的分歧。五、结束本地区的战争状态。

女士们、先生们，和平不是在几行官样文章上签个字，而是重新撰写历史。和平不是为维护某种贪欲或掩盖某种野心的宣传竞赛。和平在本质上是反对一切野心和贪欲的重大斗争。古今历史经验也许能告诉我们大家：火箭、炮舰和核武器不能建立安宁，恰恰相反，它将破坏安宁所建树的一切。

我们应该为了我们各国人民，为了人类所创建的文明，保卫各地的人们不受武力的控制。我们应该以提高人类地位的道德观念和原则的全部力量，提高人道主义的威力。

如果你们允许我在这个讲台上向以色列人民发出我的呼吁的话，那么我要向以色列的每个男人、女人和孩子发表诚恳的、忠诚的讲话：我从争取和平的神圣使命的埃及人民那里给你们带来了使命。

我给你们带来了和平的使命——埃及人民的使命；埃及人民不懂得偏见，它正以穆斯林、基督教徒、犹太教徒的每个人都具有的友爱、友好、谅解的精神生活着。

这就是埃及。它的人民要我忠实地肩负起神圣的使命，安全、平安、和平的使命。

以色列的男人、女人和孩子们，鼓励你们的领导为和平而斗争，让他们把力量集中到建造和平大厦上来，而不要以毁灭性的火箭建造碉堡和坚固的掩体。

为全世界提供世界这一地区的新人的形象吧！并使之成为现代人类、在各地的和平人类的榜样。

告诉你们的孩子们，最后一次战争、痛苦的最后阶段已经过去，新生活的新起点已经来到；这是友爱、幸福、自由、和平的生活。

失去儿子的母亲，失去丈夫的妻子，失去父兄的孩子，一切战争的牺牲者，你们要对和平满怀希望，要使歌曲成为活生生的富有成果的现实，要使希望成为工作和斗争的准则。各国人民的意志就是真主的意志。

女士们、先生们，在我来到这个地方以前，在我在阿克索清真寺进行节日礼拜时，在我访问复活教堂的时候，我以赤诚的心向至高无上的真主提出祈求，祈求他给我力量，祈求他实现我的坚定信念：这次访问将达到为了幸福的现在和更加幸福的明天我所期望的目的。

我已经决定跳出一切交战国所通行的先例和传统。尽管阿拉伯土地还在被占领之中，尽管我宣布准备来到以色列一事是使许多人感情上受到震动和思想上感到茫然的非常之举，甚至有些人怀疑这一举动的意图，尽管如此，我还是以纯洁的信仰，以完全忠实地表达我的人民意志和愿望的感情作出了这一决定，选择了这条艰难的道路，甚至是很多人认为非常艰难的道路。

我决定坦率地、光明磊落地来到你们这里。

我决定给全世界为争取和平所作出的努力以这样一个推动力。我决定在你们的家里向你们提供不带任何偏见和倾向的真相。

我不是为了故作姿态。我不是为了赢得一个回合，现代历史上最严峻的回合和战斗。这是公正和持久和平的战斗。

这不仅是我的战斗，也不仅是以色列领导者们的战斗。这是生活在我们土地上的、有权生活在和平之中的全体人民的战斗。这场战斗对蕴藏在千百万人心中的天良和责任感来说是必要的。

当我提出这一主要行动时，很多人问到我关于这次访问可能达到的结果的设想和对这次访问的期望。

作为对询问者的答复，我要向你们宣布，我并不是从在访问期间可能实现的结果作为出发点来考虑进行这一倡议的。我来到这里是为了转达一项使命。我做到了这点没有？真主啊，你可以作证。

真主啊！我要重复先知扎克利亚的一句话："你们热爱正义和和平吧！"

我引用珍贵且睿智的古兰经中的一段话，它说："你说相信真主吧，相信真主对我们的启示吧，相信他对易卜拉欣、伊斯梅尔、伊斯哈克、雅各布和对犹太部族的启示吧！相信穆萨、耶稣和先知们从他们的真主那里得到的启示吧！我们不歧视他们中间的任何人；我们是信仰真主的穆斯林。"

伟大的真主是至诚的。

祝你们和平！

种族隔离制度绝无前途

曼德拉

演说者简介

曼德拉（1918~　），南非著名的黑人领袖，南非总统，非洲国民大会主席。

本篇是曼德拉出狱后的首次演讲。他全面阐述了非洲国民大会的政策，表达了与南非当局种族隔离政策斗争到底的决心，呼吁国际社会继续

对南非当局实行制裁。演说充满了对人民的热爱之情，并鼓舞着南非人民为取得彻底的胜利而奋斗。

❋　　❋　　❋　　❋　　❋

朋友们，同志们，南非同胞们，我以和平、民主和全人类自由的名义，向你们大家致敬。我不是作为一名预言家，而是作为你们的谦卑的公仆，作为人民的公仆，站在这里和你们面前。

你们经过不懈的奋斗和英勇牺牲，使我有可能在今天站在这里，因此，我要把余生献给你们。在我获得释放的今天，我要向千百万同胞，向全球各地为我的获释而作出过不懈斗争的同胞，致以亲切的和最热烈的感谢。

今天，大多数南非人，无论黑人还是白人，都已认识到种族隔离制度绝无前途。为了确保和平与安全，我们必须依靠自己的声势浩大的决定性行动，来结束这种制度。我国各个团体和我国人民的大规模反抗运动和其他行动，终将导致、也只能导致民主制度的确立。

种族隔离制度给我们这片大陆造成了难以估量的破坏。成千上万个家庭的生活基础遭到了摧毁。成千上万人流离失所，无法就业。

我们的经济濒临崩溃，我们的人民卷入了政治冲突。我们在1960年采取了武装斗争方式，建立了非洲人国民大会的战斗组织——"民族之矛"，这纯属为反抗种族隔离制度的暴力而采取的自卫行动。

今天，必须进行武装斗争的种种原因依然存在。我们别无选择，只有继续进行武装斗争。我们希望，不久将能创造出一种有利于通过谈判解决问题的气氛，以便不再有必要开展武装斗争。

我是非洲人国民大会的忠诚的遵守纪律的一员。因此，我完全赞同它所提出的目标、战略和策略。

现在需要把我国人民团结起来，这是一项一如既往的重要任务。任何领导人，都无法独自承担起所有这些重任。作为领袖，我们的任务是向我们的组织阐明观点，并允许民主机制来决定前方的道路。

关于实行民主问题，我感到有责任强调一点：运动的领导人要由全国性会议通过民主选举而产生。这是一条必须坚持，毫无例外的原则。

今天，我希望能向大家通报：我同政府进行的一系列会谈，其目的一直是使我国的政治局势正常化。我们还没有开始讨论斗争的基本要求。

我希望强调一下，除了坚持要求在非洲人国民大会和政府之间进行会晤以外，我本人从未就我国的未来问题同政府进行过谈判。

谈判还不能开始——谈判不能凌驾于我国人民之上，不能背着人民进行。我们的信念是，我国的未来只能由一个在不分肤色的基础上通过民主选举而产生的机构来决定。要谈判消灭种族隔离制度问题，就必须正视我国人民的压倒一切的要求，即建立一个民主的、不分肤色的和统一的南非。人垄断政权的状况必须结束。

还必须从根本上改造我国的政治制度和经济制度，以便使种族隔离制度造成的不平等问题得到解决，并保证我们的社会彻底实现民主化。

我们的斗争已经到了决定性时刻。我们呼吁人民要抓住这个时机，以便使民主进程迅速地、不间断地得到发展。我们等待自由等得太久了。我们不再等了。现在是在各条战线上加强斗争的时候了。

现在放松努力将铸成大错，我们的子孙后代将不会原谅这个错误。地平线上呈现的自由奇观，应该激励我们付出加倍的努力。只有通过有纪律的群众运动，胜利才有保障。我们呼吁白人同胞加入我们的行列，来共同创造一个新南非，自由运动也是你们的政治归宿。我们呼吁国际社会继续采取行动，来孤立这个实行种族隔离制度的政府。

如果在目前取消对这个政府的制裁，彻底消灭种族隔离制度的进程就会有夭折的危险。我们向自由的迈进不可逆转。我们不应让畏惧挡住我们的道路。

由统一的、民主的和不分肤色的南非实行普选，是通向和平与种族和谐的唯一大道。

最后，我想回顾一下我在1964年受审时说过的话。这些话在当时和现在都一样千真万确。我说过：我为反对白人统治而斗争，也为反对黑人统治而斗争；我珍视民主和自由社会的理想，在这个社会中，人人和睦相处，机会均等。我希望为这个理想而生，并希望实现这个理想。但是如果需要，我也准备为这个理想而死。

通向明天的门

乔治·布什

演说者简介

乔治·布什（1924～　），1988年当选为美国第41任总统。18岁入伍参加海军，退役后进入耶鲁大学学习。1964年任得克萨斯州共和党主席。1971年任美国驻联合国大使。1874～1975年任美国驻中国联络处主任。1976～1977年任中央情报局局长。1980～1988年任美国副总统。此篇为其总统就职演说。

首席法官先生、总统先生、奎尔副总统、米切议员、多尔参议

员、米歇尔众议员，公民们、朋友们：

这儿有一个人，他已经在我们心中，在我们的历史上占据永久的位置。里根总统，我代表我们的国家，感谢你为美国所作出的伟大贡献。

我刚刚逐字逐句地重复了二百年前乔治·华盛顿所发过的誓言；我手放在上面的这本《圣经》也正是他曾经放过手的。

我们今天怀念华盛顿是不由自主的。这不仅仅因为今天是延续了二百年的总统就职日，而且因为我们一直把华盛顿看作我们的国父。我想，他会为今天高兴，因为今天具体地展现了一个极好的事实：自从我们的政府成立以来，已经持续了二百年。

我们在民主大厦的前厅，人们在这儿都好比邻居和朋友们。因为今天，我们的国家是统一的；我们一度有过的分歧也消失了。

今天，我站在民主大厦的前厅发表演说，既不是为了自己的目的，也不是要在世界上炫耀自己，更不是为了个人的名誉。我所仅仅拥有的一个权力就是为人民服务。帮我们记住吧，上帝！阿门。

在这个宝贵的时刻，我来到你们面前，以庄严的承诺担任总统。我们生活在一个和平、繁荣的时代，而且，我们能够使它更加美好。

一种新的风尚正在兴起——自由使世界更加清新，就像得到了新生。因为在人们的心中，独裁者的时代事实上已经结束了，极权主义的时代正在走远，它的旧思想就像风干的枯叶一样，被吹走了。

一种新的风尚正在兴起——自由使一个国家更加清新，整装待发：要开辟新的领域，采取新的行动。

有些时候，前景被浓雾笼罩，你坐下来等待，盼望着薄雾散去，露出光明的未来。

通向明天的门

但是，眼下是这样的时刻：未来好像是一道你能够径直通过的门，由此进入一个被称作明天的房间里。

世界上的那些伟大民族，正在向着民主迈进——通过这道门走向自由。

世界上的男人和妇女们正向着自由市场迈进——通过这道门走向繁荣。

世界上的人民正努力争取言论和思想的自由——通过这道门走向只有在解放的条件下才能有的理智与道德的协调。

我们知道起作用的是什么：自由在起作用；我们知道权力是什么：自由是权力；我们知道怎样保障地球上人类的更公正、繁荣地生活：通过自由市场、自由言论、自由选举，我们的国家将不懈地实践这些自由。

本世纪，第一次——也可能在整个历史上第一次——人们不必去创造一种制度，依此来生活。我们也不必为什么样的政府结构而谈论到深夜，我们更不必费力从国王那里取得公正——我们只需从我们自我中呼唤它。我们必须按照我们所知道的去行动。我把神圣的希望作为方向：在关键的、重要的事情上团结；在所有意见不一致的问题上宽宏大量。

今天的美国公平而文明，是一个值得自豪的自由国家——对于它，我们只有热爱。我们知道，在我们的心中，不仅仅是称赞和自豪，作为一个简单的事实；这个国家具有超出我们视线之外的意义；我们拥有正义的力量。但是，在我们的时代，我们改变了国家了吗？我们被卑俗的事情迷住，而缺乏对可贵的奋斗和奉献的敬意吗？

我们的朋友们，我们不是财产的奴隶，它们表现在美好的心灵方面。如果他能做这些事情，他必须去做。

友善与温和

美国从来没有完全拥有自己，除非受到更高道德原则的约束。

我们和人民一样，有决心使国家显得更友善、世界显得更温和。

朋友们，我们有工作要做：还有无家可归、受灾和流浪的人。其中有一无所有的孩子们，他们失去了爱，失去了正常生活；有那些不能使自己从毒瘾中解脱出来的人；药品、救济、混乱支配着贫民区。有犯罪需要禁止，尤其是街道上的暴力犯罪。有年轻的妇女需要帮助，她们将变成那些无人关心、无人去爱的孩子的母亲。在我们的心中，我们知道什么是重要的。我们不能只希望留给孩子们一部大轿车，一大笔银行存款。我们必须希望给他们一种感觉，这种感觉比发现这一切还要好，它包括忠诚的朋友、可敬的父母、市民。

当我们离开这里的时候，我们让那些和我们一起工作的人们说些什么呢？我们比周围任何人都更成功吗？或者是我们停下来，询问一些病孩子是否好了一些，并且待一会儿交流友情。

没有哪个总统、政府能教我们记住我们所处的环境怎样才是好的。但是，如果你们选择的领导政府的这个人能够促使产生这一点特性：如果他能够有更稳定而深刻的成就——这些成就不仅表现在金子和丝绸方面，而且将有孩子出世。我们不仅要为他们选择生活而祈祷，而且还表现在要关心、指导和教育他们。

旧的方法和途径以为，只要有公款就能解决这些问题。但是，我们知道实际上并不这么简单，即使是这样，我们资金也是不多的，我们使赤字降低。我们有比钱袋子更多的决心，而且决心才是我们需要的。我们将作困难的选择：面对我们所拥有的，来做各种分配，使我们的决定在切实的需要和保险的基础之上作出。然后，我们将做所有事情中最明智的事情，我们将致力于开发我们所拥有的最好的资源，这种资源在需要的时候总是在增长——这可以说是美国人民的友善和勇气。我现在谈论的是一种在其他生活领域里的新的保证———种新的实干精神。我们必须吸引几代人，发挥中老年人未发挥出来的才能和年轻人分散的活力。因为不仅仅领导代代变化，而且公务员也是如此。二次世界大战以后出生的一代人的时代到来了。我已经无数次地表明这种观点，国内星罗棋布的所有的社会起着积极的作用。

我们将携手上阵、互相鼓励；有时领导，有时被领导，这样做是值得的。我们将这样在白宫、在内阁机构中工作，我将到人民中去，深入研究关于那些热点问题的计划。我将要求我的政府中的每一个成员都注意这样做。旧的思想再一次成为新的，因为它们不是旧的，只是正当时不合时宜，责任、奉献、义务和爱国主义，在参与和奋斗中表现出来。在政府与议会之间，我们也需要新的约束。

伸出了手

对于我们的挑战，我们将在参、众议院一起研讨解决。我们必须把联邦预算引向平衡，我们必须保证美国站在团结的世界面前：强大、和平以及充实的国库。当然，许多事情可能是很困难的。我们需要和解，我们已经有了意见分歧；我们需要协调，我们已经有了音调不一致的合唱。

至于国会，在我们的时代也已经发生了变化，也有某些不和的滋长。我们已经看到了困难的情态，听到了不只是相互非难，而且是别有用心的讨论，我们伟大的党也经常被分离，造成彼此间的不信任。自从越南战争以来就是这种善，那场战争形成的阴影仍然笼罩着我们，然而，朋友们，那场战争实际上开始于二十五年前，无疑地到了法律影响的极限。这是一个事实：越南战争的教训是，没有哪个伟大的国家能够长久地承担被记忆切断的后果。一种新的风尚正在兴起——旧的两党关系一定会再次被新的所代替。

对于我的朋友们——是的，我确实指朋友们；对于忠诚的反对派——是的，我指的是忠诚，我伸出我的手。

我正在向你伸出手，议长先生。

我正在向你伸出手，多数党领袖先生。

因为我们处在这样的背景下：这是一个伸出手的时代。

我们不能倒退，而且我也不想倒退。但是，当我们的父辈还年轻时，议长先生，我们的不同就有了；我们不希望时光倒转，但是，当我们的母亲年轻时，多数党领袖先生，参众两院能够一起工作，提出一个个国家能够据此生活的预算来。不久，让我们来协商——尽管困难，但是最终，让我们提出这样的方案来。

美国人民期待着行动。他们不是送我们到这里来争吵的，他们要求我们超越单纯的党派利益。"关键的事情是团结"——团结，我的朋友们，团结是关键的。

对于世界，我们也提出新保证，重申我们的誓言：我们保持强大的力量来捍卫和平。"伸出的手"是一个难得的力量，一旦强大，它能发挥巨大的作用。

有一些今天在外国保持他们的愿望的美国人，一些没有国籍的美国人，援助能够在这里显示出来，而且被长久地铭记。良好的希望引出新的良好希望。良好的偏偏能够成为一个永无止境、不断上升的螺旋线。

"伟大的国家必须像伟大的人们一样遵守诺言"，当美国说什么时，就意味着一个掷地有声的条约、一个协议或者一个誓言。我们将永远努力明白地讲话，因为坦率是一种尊敬。但是，含蓄也是好的，也有自己的位置。

在巩固我们的联盟，以及保持与世界各个国家的友谊的同时，我们将继续同苏联进行新的接触。安全和发展二者始终一致。有的人可能会说，我们的新关系在某种程度上反映了在实际经验之上的希望和实力的成功。但是，希望是好的，实力也是如此，也包括警惕性。

今天，这里有成千上万的公民，他们是已经参与民主并且看到他们的愿望得到实现的人，他们感到理解和满意。但是，我们的思想回到了过去的那些天，回到了坐在家里等待、观望的那些人身上。

当旗帜通过时，一个老兵会向它敬礼，妇女会告诉她的儿子们军歌的歌词。我并不是要说这是伤感的。我提到那些日子，是希望我们记住，我们是统一体的一部分，必然像系着的绳子一样，彼此发生联系。

我们的孩子们正在通过遍布我们伟大国土的学校里观看着。对于他们，我要说，谢谢你们对这个盛大的民主节日的观看。因为民主属于我们所有的人；自由就像一只美丽的风筝，随着微风越飞越高。

对于所有的人，我要说，不论你们的情况怎样，或者你们在哪里，你们都是民主节日的一部分，都是我们伟大国家生活的一部分。

总统既不是君主，也不是教皇。我也不想寻找"人们心灵的窗口"，事实上，我渴望具有极大的耐心、彼此和睦相处的态度和轻松的生活方式。

在禁毒方面，几乎没有明确的区域。作为社会，我们必须联合起来表示我们的不予容忍的态度。现在最明显的问题是毒品。当第一批可卡因被用船走私进来时，也带来了大量的致命毒菌。这样多了，已经伤害了我们国家的躯体和灵魂。尽管有许多事要做，有许多话要说，对于它，我还是要说：这个灾难将会终止，因此，有许多要做的事情。明天就要开始工作。我不怀疑未来，我也不担心眼前的问题。因为尽管我们面临的问题很大，而我们的决心更大；对我们的挑战是巨大的，而我们的希望更大。如果我们有许多缺点，上帝的爱真正是无限的。

有些人把领导看作高超的艺术和呼唤的号角，有时的确是这样。

但是，我把历史看成具有很多页的一本书——每天，我们都充满希望，并且积极的行动来填满每一页。

新的风尚在兴起。新的一页掀开了，故事已经展开——这样，在今天开始了第一章。一个微小而庄严的故事——团结、多样、丰富的故事展开。让我们共同来书写吧。

谢谢你们。

上帝保佑你们。

上帝保佑美利坚合众国。

历史将宣判我无罪

菲德尔·卡斯特罗

演说者简介

菲德尔·卡斯特罗（1926~ ），古巴共产党中央第一书记，国务委员会主席、部长会议主席。他生于种植园主家庭，1959 年推翻巴蒂斯塔独裁统治，解放古巴全境，继而领导古巴人民与帝国主义的封锁和威胁作斗争，坚持走社会主义道路。

本篇是菲德尔·卡斯特罗在攻打蒙卡达兵营失败后，在法庭上所作的自辩词。他把法庭当讲坛，宣传其革命主张，揭露独裁政府所犯下的滔天罪行，剥开了法庭践踏法律的虚伪嘴脸。这篇演说词观点鲜明，措词犀利，说理充分，是一篇优秀的论辩演说。

诸位法官先生，这里所发生的现象是非常罕见的：一个政府害怕将一个被告带到法庭上来；一个恐怖和血腥的政权惧怕一个无力自卫、手无寸铁、遭到隔离和诬蔑的人的道义信念。这样，在剥夺了我的一切之后，又剥夺了我作为一名主要被告出庭的权利。请注意，所有这些都发生在停止一切保证、严格地执行公共秩序法以及对广播、报刊进行检查的时候。现政权该是犯下何等骇人的罪行，才会这样惧怕一个被告的声音啊！

我应该强调指出那些军事首脑们一向对你们所持的傲慢不逊的态度。法庭一再下令停止施加于我的非人的隔离，一再下令尊重我的最起码的权利，一再要求将我交付审判，然而无人遵从，所有这些命令一个一个地都遭到抗拒。更恶劣的是，在第一次和第二次开庭时，就在法庭上，在我身旁布下了一道卫队防线，阻止我同任何人讲话——哪怕是在短短的休息的时候，这表明他们不仅在监狱里，而且即使是在法庭上，在你们各位面前，也丝毫不理会你们的规定。当时，我原打算在下次出庭时把它作为一个法院的起码的荣誉问题提出来，但是，……我再也没有机会出庭了。他们作出了那些傲慢不逊的事之后，终于把我们带到这儿来，为的是要你们以法律的名义——而恰恰是他们，也仅仅是他们从 3 月 10 日以来一直在践踏法律——把我们送进监狱，他们要强加给你们的角色实在是极其可悲的。"愿武器顺从袍服"这句拉丁谚语在这里一次也没有实现过。我要求你们多多注意这种情况。

但是，所有这些手段到头来都是完全徒劳的，因为我的勇敢的伙伴们以空前的爱国精神，出色地履行了他们的职责。

"不错，我们是为古巴的自由而战斗了，我们决不为此而反悔。"当他们挨个被传去讯问的时候，大家都这样说，并且跟着就以令人感动的勇气向法庭揭露在我们的弟兄们的身上犯下的可怕的罪行。

虽然我不在场，但是由于博尼亚托监狱的难友们的帮助，我能够足不出牢房而了解审判的全部详情，难友们不顾任何严厉惩罚的威胁，运用各种机智的方法将剪报和各种情报传到我的手中。他们就这样地报复监狱长塔沃亚达和副监狱官罗萨瓦尔的胡作非为，这两个人让他们一天到晚地劳动，修建私人别墅，贪污他们的生活费，让他们挨饿。

随着审判的进展，双方扮演的角色颠倒了过来；原告结果成了被告，而被告却变成了原告。在那里受审的不是革命者，而是一位叫作巴蒂斯塔的先生……杀人魔王！……如果明天这个独裁者和他的凶残的走狗们会遭到人民的判决的话，那么这些勇敢而高尚的青年人现在受到判决又算得了什么呢。

他们被送往皮诺斯岛，在那里的环形牢房里，卡斯特尔斯的幽灵还在徘徊，无数受害者的呼声还萦绕在人们耳中。他们被带到那里，背井离乡，被放逐到祖国之外，隔绝在社会之外，在苦狱中磨灭他们对自由的热爱。难道你们不认为，正像我所说的，这样的情况对本律师履行他的使命来说是不愉快的和困难的吗？

经过这些卑污和非法的阴谋以后，根据发号施令者的意志，也由于审判者的软弱，我被押送到了市立医院这个小房间里，在这里悄悄地对我进行审判，让别人听不到我的讲话，压住我的声音，使任何人都无法知道我将要说的话。那么，庄严的司法大厦又做什么用呢？毫无疑问，法官先生们在那里要感到舒适得多。我提醒你们注意一点：在这样一个由带着锋利的刺刀的哨兵包围着的医院里设立法庭是不适合的，因为人民可能认为我们的司法制度病了……被监禁了……

我请你们回忆一下，你们的诉讼法规定，审判应当"公开进行，允许旁听"；然而这次开庭却绝对不许人民出庭旁听。只有两名律师和六名记者获准出庭，而新闻检查却不许记者在报纸上发表片言只语。我看到，在这个房间里和走廊上，我所仅有的听众是百来名士兵和军官。这样亲切地认真关怀我，太叫我感谢了！但愿整个军队都到我面前来！我知道，总有那么一天，他们会急切希望洗净一小撮没有灵魂的人为实现自己的野心而在他们的军服上溅上的耻辱和血的可怕的污点。到那一天，那些今天逍遥自在地骑在高尚的士兵背上的人们可够瞧的了！……当然这是假定人民没有早就把他们打倒的话。

最后，我应该说，我在狱中不能拿到任何论述刑法的著作。我手头只有一部薄薄的法典，这是一位律师——为我的同志们辩护的英勇的包迪利奥·卡斯特利亚诺斯博士刚刚借给我的。同样，他们也禁止马蒂的著作到我手中；看来，监狱的检查当局也许认为这些著作太富于颠覆性了吧。也许是因为我说过马蒂是7月26日事件的主谋的缘故吧。

此外还禁止我携带有关任何其他问题的参考书出庭。这一点也没关系！导师的学说我铭刻在心，一切曾保卫各国人民自由的人们的崇高理想，全都保留在我的脑海中。

我对法庭只有一个要求：为了补偿被告在得不到任何法律保护的情况下所遭受的这么多无法无天的虐待，我希望法庭应允我这一要求，即尊重我完全自由地表达我的意见的权利。不这样的话，就连一点纯粹表面的公正也没有了，那么这次审判的最后这一段将是空前的耻辱和卑怯。

我承认，我感到有点失望。我原来以为，检察官先生会提出一个严重的控告，会充分说明，根据什么论点和什么理由来以法律和正义的名义（什么法律，什么正义？！）应该判处我26年徒刑。然而没有这样。他仅仅是宣读了社会保安法第148条，根据这条以及加重处分的规定，要求判处我26年徒刑。我认为，要求把一个人送到不见天日的地方关上四分之一世纪以上的时间，只花两分钟提出要求和陈述理由，那是太少了。也许检察官先生对法庭感到不满意吧？因为，据我看到，他在本案上三言两语了事的态度，同法官先生们颇有点儿矜持地宣布这是一场重要审讯的庄严口吻对照起来，简直是开玩笑。因为，我曾经看到过，检察官先生在一件小小的贩毒案上作十倍长的滔滔发言，而只不过要求判某个公民六个月徒刑。检察官先生没有就他的主张讲一句话。我是公道的，……我明白，一个检察官既然曾经宣誓忠诚于共国和宪法，要他到这里来代表一个不合宪法的、虽有法规为依据但是没有任何法律和道义基础的事实上的政府，要求把一个古巴青年，一个像他一样的律师，一个……也许像他一样正直的人判处26年徒刑，那是很为难的。然而检察官先生是一位有才能的人，我曾看到许多才能比他差得远的人写下长篇累牍的东西，为这种局面辩护。那么，怎能认为他是缺乏为此辩护的理由，怎能认为——不论任何正直的人对此是感到如何厌恶——他哪怕是谈一刻钟也不成呢？毫无疑问，这一切隐藏着幕后的大阴谋。

诸位法官先生：为什么他们这么想让我沉默呢？为什么甚至中止任何申述，让我何以有一个驳斥的目标呢？难道完全缺乏任何法律、道义和政治的根本，竟不能就这个问题提出一个严肃的论点吗？难道是这样害怕真理吗？

难道是希望我也只讲两分钟，而不涉及那些自7月26日以来就使某些人夜不成眠的问题吗？检察官的起诉只限于念一念社会保安法的一条五行字的条文，难道他们以为，我也只纠缠在这一点上，像一个奴隶围着一扇石磨那样，只围绕着这几行字打转吗？但是，我决不接受这种约束，因为在这次审判中，所争论的不仅仅是某一个人的自由的问题，而是讨论根本的原则问题，是人的自由权利遭到审讯的问题，讨论我们作为文明的民主国家存在的基础本身的问题。我不希望，当这次审判结束时，我会因为不曾维护原则、不曾说出真理、不曾谴责罪行而感到内疚。

检察官先生这篇拙劣的大作不值得花一分钟来反驳。我现在只限于在法律上对它作一番小小的批驳，因为我打算先把战场上七零八碎的东西扫除干净，以便随后对一切谎言、虚伪、伪善、因循苟且和道德上的极端卑怯大加讨伐，这一切就是3月10日以来、甚至在3月10日以前就已开始的在古巴称为司法的粗制滥造的滑稽剧的基础。

拉丁美洲的孤独

马尔克斯

演说者简介

马尔克斯（1928～ ），哥伦比亚当代著名作家。其作品把幻想与现实融为一体，运用夸张和象征手法，打破传统的叙事时空观念，巧妙地表现了拉美大陆的生活和斗争，是拉美魔幻现实主义的杰出代表。1967年发表长篇小说《百年孤独》，风靡世界文坛，备受关注。他于1982年获诺贝尔文学奖。

本篇演讲发表于1982年，是他在诺贝尔文学奖颁奖仪式上的受奖词。

跟随麦哲伦一道进行首次环球航行的佛罗伦萨航海家安东尼奥

·皮加费塔，经过我们南美洲之后，写了一篇准确的报道，然而它更像一篇虚构出来的历险记。他这样写道：他看见过肚脐长在脊背上的猪，还看见过没有爪的鸟，这种鸟的雌鸟在雄鸟背上孵蛋。此外，还有一种酷似鲣鸟却没有舌头的鸟，它们的喙部像把羹匙。他还写道，还有一种奇怪的动物，它们长着驴头和驴耳，身体像骆驼，腿像鹿，叫起来却又像马；他写道，当他们把一面镜子放到在巴塔哥尼亚遇见的第一个土著居民跟前时，那个身材魁梧的巨人，被自己镜中的形象吓得魂不附体。

　　从这本引人入胜的小册子里，已隐约可见我们现在小说的萌芽。但是，它远非那个时代的现实中最令人惊奇的证明。西印度群岛的史学家们给我们留下了无数的类似记载。埃尔多拉多这块为人垂涎、但并不存在的国土，长期以来出现在许多地图上，并随着绘图者的想象而不断改变其原来的位置和形状。那位传奇式的阿尔瓦尔·努涅斯·卡维萨·德巴卡，为了寻找长生不老的源泉，在墨西哥进行了为期8年的探查。在一次疯狂的远征中，他的同伴们之间发生了人吃人的事，以至于出发时的600人，在到达终点时，仅有5人幸存。在无数从未被揭开的奥秘中，有这样一个：一天，有1.1万头骡子从库斯科出发，每头牲口驮有100磅黄金，去赎回阿塔瓦尔帕，可最终并没有到达目的地。后来。在殖民时期、在西印度群岛中的卡塔赫纳出售过一些在冲积土壤上饲养的母鸡，在它们的鸡胗里发现了金粒。我们开国者的这种黄金狂热，直到不久前还在我们中间蔓延。就在上个世纪，研究在巴拿马地峡修筑联结两大洋铁路的德国代表团，还做出这样的结论：只要铁轨不用当地稀有的铁来制造而是用黄金，那么方案便是可行的。

　　从西班牙的统治下独立后，我们并未摆脱这种疯癫的状态。曾3次连任墨西哥独裁者的安东尼奥·诺贝斯·德·桑塔纳将军，竟用豪华的葬礼来掩埋他在一次称之为"糕点"战争中被打断的右腿。

在厄瓜多尔进行了 16 年君主独裁统治的加夫列尔·加西亚·莫雷诺将军，此后的尸体竟然被穿上大礼服和挂满勋章的铠甲，还安放在总统宝座上让人们守灵。萨尔瓦多特奥索福的独裁者马克西米利亚诺·埃尔南德斯·马丁内斯将军，在一次惨绝人寰的大屠杀中，结果 3 万农民的性命，他发明了一种用来测试食物中毒的摆锤，他还下令用红纸遮盖街灯，以控制猩红热的传染。修建在特古西加尔巴中心广场的佛朗西斯科·莫拉桑纪念碑，实际上是从巴黎一个旧雕塑制品仓库里买来的奈元帅的塑像。

当代杰出的大诗人、智利的聂鲁达，11 年前，用他精彩的演说使这个地方生辉。那些有良知的欧洲人，当然也有居心不良的人，开始以前所未有的热情，关注起来自拉丁美洲神话般的消息，关注起那个广阔土地上富于幻想的男人和富有历史感的女人，他们生活节俭的程度可同神话故事相媲美。我们从未得到过片刻的安宁：一位普罗米修斯式的总统，凭借火焰中的总统府为工事，同一支正规军对抗，最后英勇战死。两次令人怀疑、而又永远无法澄清的空中遇难，使一位性格豪爽的总统和一位恢复民族尊严的民主军人丧生。爆发过 5 次战争和 16 次政变，出现过一个魔鬼式的独裁者，他以上帝的名义对当代的拉丁美洲实行了第一次种族灭绝。与此同时，两千万拉丁美洲儿童，未满两周岁就夭折了。这个数字比 1970 年以来欧洲出生的人口总数还要多。因遭迫害而失踪的人数约有 12 万，这等于乌默奥全城的居民不知去向。无数被捕的孕妇，在阿根廷的监狱里分娩，但随后便不知道孩子的下落和身份。实际上，他们有的被别人偷偷收养，有的被军事当局送进孤儿院。为了改变这种局面，全大陆有 20 万男女英勇牺牲。十多万人死于中美洲 3 个任意杀人的小国：尼加拉瓜、萨尔瓦多和危地马拉。如果这个比例数用之美国，便相当于 4 年内有 160 多万人暴卒。

智利这个以好客闻名的国家，竟有 100 万人外逃，即占智利人口的10%。乌拉圭历来被认为是本大陆最文明的国家，在这个只有250万人口的小国里，每5个公民便有1人被放逐。1979年以来，萨尔瓦多的内战，几乎每20分钟就迫使1人逃难。如果把拉丁美洲所有的流亡者和难民全合在一起，便可组成一个比挪威人口还要多的国家。

我甚至这样认为，正是拉丁美洲这个非同寻常的现实，而不仅仅是它的文学表现形式，博得了瑞典文学院的重视。这非同寻常的现实并非写在纸上，而是与我们共存的，并且造成我们每时每刻的大量死亡，同时它也成为永不枯竭的、充满不幸与美好事物的创作源泉。而我这个流浪和思乡的哥伦比亚人，只不过是一个被命运圈定的数码而已。诗人和乞丐，音乐家和预言家，武士和恶棍，总之，我们一切隶属于这个非同寻常的现实的人，很少需要求助于想象力。因为对我们最大的挑战，是我们没有足够的常规手段来让人们相信我们生活的现实。朋友们，这就是我们感到孤独的症结所在。

因此，如果说这些困难尚且造成我们这些了解困难实质的人感觉迟钝，那就不难理解，世界这一边有理智、有才干的人们，由于醉心于欣赏自己的文化，便不可能正确有效地理解我们拉丁美洲了。同样可以理解的是，他们用衡量自己的尺度来衡量我们，而忘却了生活给人们带来的灾难并不是平等的；他们忘记追求平等对我们——如同他们所经历过的一样——是艰巨和残酷的。用他人的模式来解释我们的生活现实，只能使我们显得更加陌生，只能使我们越发不自由，只能使我们越发感到孤独，假如可尊敬的欧洲乐于用他们的历史来对照我们的今天，那么他们的理解力也许会增加一些。如果欧洲人能够记得伦敦曾经需要300年时间才建成它的城墙，又用另外300年才有了一位大主教，如果他们能够记得，在埃特鲁里亚，在一位国王确立罗马在历史上的地位之前，它曾经在蒙昧的黑暗里挣扎2000年之久，如果他们能够记得今天用酥香的奶酪和精确的钟表使我们感到快乐的、热爱和平的瑞士人，在16世纪时曾像野蛮的大兵一样血洗欧洲，那么他们的理解力也许会提高一些。就是文艺复兴的高潮时期，1.2万名由东罗马帝国豢养的德国佣们军，还对罗马烧杀劫掠，用刀子捅死了8千个当地居民。

我并不想把托尼阿·克略格尔的幻想加以实体化，53年前托马斯·曼曾在这个大厅里赞扬过这位主人公统一纯洁的北方和热情的南方的梦想。但是，我相信那些思想敏锐的欧洲人，那些也在为更人道、更正义的伟大国家而奋斗的欧洲人，只要认真地修正自己看待我们的方式，便能够从远方帮助我们。对渴望在世界之林享有一席之地的人民的支持，如果不变成真正的具体行动，而仅仅声援我们的幻想，那是丝毫也不能减少我们的孤独感的。

拉丁美洲不愿意，也没有理由成为任他人摆布的棋子。她除了希望自己保持在西半球的独立自主地位，没有任何不切实际的幻想。尽管航海技术的进步大大缩短了我们美洲和欧洲之间在地理上的距离，然而我们双方在文化上的距离却扩大了。为什么可以允许我们在文学上保持特色，却疑团满腹地拒绝我们在社会变革方面要求的独立自主呢？为什么认为，先进的欧洲人在其国内努力追求的社会正义，不能以不同的方式，在不同的条件下，也成为拉丁美洲的目标呢？不，我们历史上肆无忌惮的暴力和过分的痛苦，是世代的不公正和无尽无休的苦难的恶果，而不是什么远离我们家园3000海里之外的地方策划出来的预谋。可是，不少欧洲领导人和思想家却相信这种策划，他们犯了和他们祖辈同样的幼稚病，忘记了他们祖辈年轻时代进取向上的狂热，似乎以为除了任凭世界两大主宰者的摆布之外就没有其他生路。朋友们，这就是我们孤独的严重程度。

虽然如此，面对压迫、掠夺和歧视，我们的回答是生活下去。任何洪水猛兽、瘟疫、饥馑、动乱，甚至数百年的战争，都不能削弱生命战胜死亡的优势。这种优势还在发展，还在加速：每年的出生者要比死亡者多7400万，新出生的人口相当于纽约每年人口增长的7倍。而他们大部分出生在并不富裕的国家里，其中当然包括拉丁美洲。相反地，那些最繁荣的国家却积蓄了足够摧毁不仅百倍于当今存在的人类，而且可以消灭存在于这个倒霉世界上的任何生物的破坏力。

也是在像今天这样一个场合里，我的导师威廉·福克纳在这个大厅里说过："我拒绝接受人类末日的说法。"他在32年前拒绝接受这一世界灾难的说法，如今它仅仅是纯属科学判断上的一种可能。假若我未能充分认识到这一点，我便感到不配占据他曾占据的这一讲坛。面对这个出人意料、从人类史上看似乎是乌托邦式的现实，我们作为寓言的创造者，相信这一切是可能的；我们感到有权利相信：着手创造一种与这种乌托邦相反的现实还为时不晚。到那时，任何人无权决定他人的生活或者死亡的方式；到那时，爱情将成为千真万确的现实，幸福将成为可能；到那时，那些命运注定成为百年孤独的家族，将最终得到在地球上永远生存的第二次机会。

我有一个梦

马丁·路德·金

演说者简介

马丁·路德·金（1929～1968），美国黑人民权运动领袖，浸礼会牧师。一贯主张非暴力主义，倡导"非暴力抵抗"原则。

他是一位出色的演说家，被誉为

"黑人之音"。美国杂志将他列为近百年世界最具有说服力的演说家之一。本篇演说发表于1963年的示威集会。全文以美国宪法和《解放宣言》为依据，猛烈抨击种族歧视政策。通篇感情激昂，文字优美，极富震撼力。

✻ ✻ ✻ ✻ ✻

今天，我高兴地同大家一起，参加这次将成为我国历史上为了争取自由而举行的最伟大的示威集会。

100年前，一位伟大的美国人——今天我们就站在他象征性的身影下——签署了《解放宣言》。这项重要法令的颁布，对于千百万灼烤于非正义残焰中的黑奴，犹如带来希望之光的硕大灯塔，恰似结束漫漫长夜禁锢的欢畅黎明。

然而，100年后，黑人依然没有获得自由。100年后，黑人依然悲惨地蹒跚于种族隔离和种族歧视的枷锁之下。100年后，黑人依然生活在物质繁荣瀚海的贫困孤岛上。100年后，黑人依然在美国社会中向隅而泣，依然感到自己在国土家园中流离漂泊。所以，我们今天来到这里，要把这骇人听闻的情况公之于众。

从某种意义上说，我们来到国家的首都是为了兑现一张支票。我们共和国的缔造者在拟写宪法和独立宣言的辉煌篇章时，就签订了一张每一个美国人都能继承的期票。这张期票向所有人承诺——不论白人还是黑人——都享有不可让度的生存权、自由权和追求幸福权。

然而，今天美国显然对他的有色公民拖欠着这张期票。美国没有承兑这笔神圣的债务，而是开给黑人一张空头支票——一张盖着"资金不足"的印戳被退回的支票。但是，我们决不相信正义的银行会破产。我们决不相信这个国家巨大的机会宝库会资金不足。

因此，我们来兑现这张支票。这张支票将给我们以宝贵的自由和正义的保障。

我们来到这块圣地还为了提醒美国：现在正是万分紧急的时刻。现在不是从容不迫、悠然行事或服用渐进主义镇静剂的时候。现在是实现民主诺言的时候。现在是走出幽暗荒凉的种族隔离深谷，踏上种族平等的阳关大道的时候。现在是使我们国家走出种族不平等的流沙，踏上充满手足之情的磐石的时候。现在是使上帝的所有孩子真正享有公正的时候。

忽视这一时刻的紧迫性，对于国家将会是致命的。自由平等的朗朗秋日不到来，黑人顺情合理哀怨的酷暑就不会过去。1963年不是一个结束，而是一个开端。

如果国家依然我行我素，那些希望黑人只需出出气就会心满意足的人将大失所望。在黑人得到公民权之前，美国既不会安宁，也不会平静。反抗的旋风将继续震撼着我们国家的基石，直至光辉灿烂的正义之日来临。但是，对于站在通向正义之宫艰险门槛上的人们，有一些话我必须要说。

在我们争取合法地位的过程中，切不要错误行事导致犯罪。我们切不要吞饮仇恨辛酸的苦酒，来解除对于自由的饥渴。我们应该永远得体地、纪律严明地进行斗争。我们不能容许我们富有创造性的抗议沦为暴力行动。我们应该不断升华到用灵魂力量对付肉体力量的崇高境界。席卷黑人社会的新的奇迹般的战斗精神，不应导致我们对所有白人的不信任——因为许多白人兄弟已经认识到：他们的命运同我们的命运紧密相连，他们的自由同我们的自由休戚相关。他们今天来到这里参加集会就是明证。

我们不能单独行动。当我们行动时，我们必须保证勇往直前。我们不能后退。有人问热心民权运动的人："你们什么时候会感到满意？"只要黑人依然是不堪形容的警察暴行恐怖的牺牲品，我们就决不会满意。只要我们在旅途劳顿之后，却被路旁汽车旅社和城市旅馆拒之门外，我们就决不会满意。只要黑人的基本活动范围只限于从狭小的黑人居住区到较大的黑人居住区，我们就决不会满意。只要我们的孩子被"仅供白人"的牌子剥夺个性，损毁尊严，我们就决不会满意。

只要密西西比州的黑人不能参加选举，纽约州的黑人认为他们与选举毫不相干，我们就决不会满意。不，不，我们不会满意，直至公正似水奔流，正义如泉喷涌。

我并非没有注意到，你们有些人历尽艰难困苦来到这里。你们有些人刚刚走出狭小的牢房。有些人来自因追求自由而遭受迫害风暴袭击和警察暴虐狂飙摧残的地区。你们饱经风霜，历尽苦难。继续努力吧，要相信：无辜受苦终得拯救。

回到密西西比去吧；回到亚拉巴马去吧；回到南卡罗来纳去吧；回到佐治亚去吧；回到路易斯安那去吧；回到我们北方城市中的贫民窟和黑人居住区去吧。要知道，这种情况能够而且将会改变。我们切不要在绝望的深渊里沉沦。

朋友们，今天我要对你们说，尽管眼下困难重重，但我依然怀有一个梦。这个梦深深植根于美国梦之中。

我梦想有一天，这个国家将会奋起，实现其立国信条的真谛："我们认为这些真理不言而喻：人人生而平等。"我梦想有一天，在佐治亚州的红色山冈上，昔日奴隶的儿子能够同昔日奴隶主的儿子同席而坐，亲如手足。

我梦想有一天，甚至连密西西比州——一个非正义和压迫的热浪逼人的荒漠之州。也会改造成自由和公正的青青绿洲。我梦想有一天，我的四个小儿女将生活在一个不是以皮肤的颜色，而是以品格的优劣作为评判标准的国家里。

我今天怀有一个梦。

我梦想有一天，亚拉巴马州会有所改变——尽管该州州长现在仍滔滔不绝地说什么要对联邦法令提出异议和拒绝执行——在那里，黑人儿童能够与白人儿童兄弟姐妹般地携手并行。

我今天怀有一个梦。

我梦想有一天，深谷弥合，高山夷平，崎路化坦途，曲径成通衢，上帝的光华再现，普天下生灵共谒。

这是我们的希望。这是我将带回南方去的信念。有了这个信念，我们就能从绝望之山开采出希望之石。有了这个信念，我们就能把这个国家的嘈杂刺耳的争吵声，变为充满手足之情的悦耳交响曲。有了这个信念，我们就能一同工作，一同祈祷，一同斗争，一同入狱，一同维护自由。因为我们知道，我们终有一天会获得自由。

到了这一天，上帝的所有孩子都能以新的含义高唱这首歌：我的祖国，可爱的自由之邦，我为您歌唱。

这是我祖先终老的地方，这是早期移民自豪的地方，让自由之声，响彻每一座山冈。

如果美国要成为伟大的国家，这一点必须实现。因此，让自由之声响彻新罕布什尔州的巍峨高峰！

让自由之声响彻纽约州的崇山峻岭！

让自由之声响彻宾夕法尼亚州的阿勒格尼高峰！

让自由之声响彻科罗拉多州冰雪皑皑的落基山！

让自由之声响彻加利福尼亚州的婀娜群峰！

不，不仅如此；让自由之声响彻佐治亚州的石山！让自由之声响彻田纳西州的望山！让自由之声响彻密西西比州的一座座山峰，一个个土丘！让自由之声响彻每一个山冈！

当我们让自由之声轰响，当我们让自由之声响彻每一个大村小庄，每一个州府城镇，我们就能加速这一天的到来。那时，上帝的所有孩子，黑人和白人，犹太教徒和非犹太教徒，耶稣教徒和天主教徒，将能携手同唱那首古老的黑人灵歌："终于自由了！终于自由了！感谢全能的上帝，我们终于自由了！"